COLLE

Fédor Dostoïevski

La femme d'un autre et le mari sous le lit

Une aventure peu ordinaire

Traduit du russe et annoté
par Gustave Aucouturier

Gallimard

Cette nouvelle est extraite de *Récits, chroniques et polémiques* (Bibliothèque de la Pléiade).

Né à Moscou en 1821, Fédor Dostoïevski est le second fils d'un médecin militaire. Sa mère meurt en 1837, tandis que son père est assassiné deux ans plus tard par des serfs qu'il avait maltraités. Le jeune Fédor passe avec succès l'examen des Ingénieurs militaires et entre comme dessinateur à la direction du Génie à Saint-Pétersbourg. En 1843, grand admirateur de Balzac, il traduit *Eugénie Grandet* et, l'année suivante, décide de quitter l'armée et d'écrire. Criblé de dettes, il mène une vie difficile et est sujet à des crises d'épilepsie. En 1846 paraissent *Le double* et *Les pauvres gens*, puis un an plus tard *Les nuits blanches* et *La femme d'un autre*. Alors qu'il s'est lié avec Pétrachevski et son groupe de jeunes gens libéraux, conquis aux idées de Fourier et de Saint-Simon, il est arrêté, condamné à mort puis finalement envoyé pendant cinq ans en Sibérie. C'est durant cette période de travaux forcés qu'il tombe éperdument amoureux de Marie Dmitrievna Issaïeva, la femme d'un instituteur. Devenue veuve, elle l'épouse en 1857 après d'orageuses fiançailles. En 1862 paraît *Souvenirs de la maison des morts*, qui a un grand retentissement. Dostoïevski voyage en Europe et joue ; il est couvert de dettes, il commence à écrire *Crime et châtiment*, qui rencontrera un immense succès en 1866. Sa femme meurt en 1864. Un an plus tard, il épouse Anna Grigorievna, la jeune sténo qui a saisi son manuscrit. Les romans se succèdent : *L'éternel mari, Le joueur, Les possédés*... — ainsi que des nouvelles : *Douce, Le songe d'un homme ridicule*... En 1878, il est élu membre correspondant de l'Académie des sciences et commence *Les frères Karamazov*, qu'il termine deux ans plus tard. Dostoïevski meurt le

28 janvier 1881 à la suite de deux hémorragies après avoir lu dans un Évangile ouvert au hasard ces mots : « Ne me retiens pas. » Son enterrement est suivi par trente mille personnes.

Découvrez, lisez ou relisez les livres de Dostoïevski :

L'ADOLESCENT (Folio n° 3128)

CRIME ET CHÂTIMENT, suivi de JOURNAL DE RASKOLNIKOV (Folio n° 2661)

LES DÉMONS (LES POSSÉDÉS) (Folio n° 2781)

DOUCE — LE SONGE D'UN HOMME RIDICULE (Folio Bilingue n° 22)

LE DOUBLE (Folio n° 1227)

L'ÉTERNEL MARI (Folio n° 97)

LES FRÈRES KARAMAZOV (Folio n° 2655)

HUMILIÉS ET OFFENSÉS (Folio n° 3951)

L'IDIOT (Folio n° 2656)

LE JOUEUR (Folio n° 893)

LES NUITS BLANCHES — LE SOUS-SOL (Folio n° 1352)

CARNETS DU SOUS-SOL (Folio Bilingue n° 49)

LES PAUVRES GENS (Folio n° 4142)

SOUVENIRS DE LA MAISON DES MORTS (Folio n° 925)

LE SONGE D'UN HOMME RIDICULE ET AUTRES RÉCITS (Folio Classique n° 4976)

I

« Rendez-moi un service, monsieur, permettez-moi de vous demander... »

Le passant sursauta et, un peu effrayé, leva les yeux sur le monsieur en pelisse de raton qui l'abordait ainsi sans façon, à huit heures du soir, en pleine rue. On n'ignore pas que lorsqu'un monsieur de Pétersbourg entre brusquement en conversation, en pleine rue, avec un autre monsieur parfaitement inconnu de lui, l'autre monsieur est immanquablement effrayé.

Ainsi donc le passant sursauta et fut un peu effrayé.

« Excusez-moi de vous importuner, dit le monsieur en pelisse de raton, mais je... je ne sais pas, à vrai dire... vous m'excuserez sans doute ; vous voyez, je suis dans un certain désarroi... »

C'est alors seulement que le jeune homme en veste fourrée s'aperçut qu'effectivement le monsieur en pelisse de raton était en désarroi. Son visage aux plis soucieux était assez pâle, sa voix tremblait, ses idées allaient visiblement en désordre, sa langue ne parvenait pas à articuler les mots, et il était manifeste que c'était au prix d'un terrible effort qu'il conformait sa très humble supplique, présentée peut-être à une personne de dignité ou de condition inférieure à la sienne, à son besoin d'adresser à tout prix une prière à n'importe qui. Sans compter que ladite prière était en tout cas inconvenante, incongrue, étrange de la part d'un homme portant une pelisse si cossue, un si respectable frac d'un magnifique vert foncé [1], et d'aussi considérables décorations pour chamarrer ledit frac. Il sautait aux yeux que tout cela gênait affreusement le monsieur en pelisse de raton, si bien que quel que fût son désarroi il n'y tint plus, et se décida finalement à dominer son agitation et à faire décemment tourner court la scène qu'il avait lui-même provoquée.

« Excusez-moi, je perds la tête ; c'est vrai, vous ne me connaissez pas... Pardonnez de vous avoir dérangé ; je me suis ravisé. »

1. L'uniforme des fonctionnaires était vert foncé.

Il souleva poliment son chapeau et se sauva.

« Mais pardon, faites-moi la grâce... »

Mais le petit homme s'évanouit dans l'obscurité, laissant tout interdit le monsieur à la veste fourrée.

« Drôle d'original ! » pensa le monsieur à la veste fourrée. Puis, ayant ainsi donné libre cours à son juste étonnement et sortant de son ahurissement, il repensa à ce qui le concernait lui-même et se mit à aller et venir sur le trottoir, tout en surveillant attentivement la porte cochère d'un immeuble aux multiples étages. Le brouillard commençait à tomber, et le jeune homme en éprouvait une certaine satisfaction, vu que ses allées et venues y gagnaient en discrétion, encore qu'au demeurant seul quelque cocher condamné à une interminable station eût pu les remarquer.

« Excusez ! »

Derechef le promeneur sursauta ; derechef le même monsieur en pelisse de raton était devant lui.

« Excusez-moi de venir de nouveau..., dit-il, mais vous... vous êtes sûrement un homme généreux ! Ne vous occupez pas de moi en tant que personne prise au sens des rapports sociaux... Du reste je déraille ; mais prêtez attention, humainement... Vous avez devant vous, monsieur, un homme qui a besoin d'une très humble demande de service...

— Si je puis... que désirez-vous ?

— Vous avez peut-être imaginé que j'allais vous demander de l'argent ! dit l'énigmatique monsieur, la bouche crispée, riant d'un rire forcé et pâlissant.

— Je vous en prie...

— Non, je vois que je vous importune ! Excusez, je ne peux pas me supporter moi-même ; considérez que vous me voyez en plein désarroi, presque en pleine folie, et n'en concluez pas...

— Allons, au fait, au fait ! répondit le jeune homme avec un mouvement de tête d'encouragement et d'impatience.

— Tenez, voilà ! Vous, un homme si jeune, vous me rappelez au fait comme si j'étais un gamin sans cervelle ! Je suis décidément hors de mon bon sens !... Quel effet vous fais-je maintenant dans mon humiliation, dites-le-moi franchement ? »

Le jeune homme, pris de confusion, ne dit mot.

« Permettez-moi de vous demander sans feinte : n'avez-vous pas vu une dame ? Voilà toute ma prière ! se décida enfin à lâcher le monsieur en pelisse de raton.

— Une dame ?

— Oui, s'il vous plaît, une dame.

— Si... mais j'avoue qu'il en est passé tellement...

— C'est juste, répondit l'énigmatique monsieur avec un sourire amer. Je patauge, ce n'est pas ce que je voulais demander, excusez-moi ; je voulais dire, n'avez-vous pas vu une dame en manteau de renard, en cloche de velours sombre avec une voilette noire ?

— Non, je n'en ai pas vu d'ainsi vêtue... non, je crois, je n'ai pas remarqué.

— Ah ! En ce cas, veuillez m'excuser ! »

Le jeune homme voulut poser une question, mais le monsieur en pelisse de raton avait déjà disparu, laissant de nouveau bouche bée son patient auditeur. « Et que le diable l'emporte ! » pensa le jeune homme en veste fourrée, visiblement agacé.

Il releva avec humeur son col de castor et se remit à faire les cent pas, avec circonspection, devant la porte cochère de l'immeuble aux multiples étages. Il enrageait.

« Qu'attend-elle pour sortir ? pensait-il. Il est près de huit heures ! »

Huit heures sonnèrent à une tour de ville.

« Ah ! le diable vous emporte, à la fin !

— Veuillez m'excuser !...

— Excusez-moi vous-même de vous avoir ainsi... Mais vous vous êtes jeté dans mes jambes de telle sorte que vous m'avez fait peur, lâcha le promeneur à la fois mécontent et confus.

— C'est encore moi, monsieur. Je dois certes vous paraître importun et bizarre, n'est-ce pas ?

— De grâce, pas de vains propos, expliquez-vous vite. Je ne sais pas encore ce que vous désirez...

— Vous êtes pressé ? Je suis désolé. Je vais vous raconter tout franchement, sans paroles inutiles. Que voulez-vous ! Les circonstances rapprochent parfois des gens de caractères totalement dissemblables... Mais je vois que vous vous impatientez, jeune homme... Eh bien, voici... au reste, je ne sais trop comment dire : je cherche, s'il vous plaît, une dame (je suis maintenant décidé à tout dire). Il faut en effet que je sache où est allée cette dame. Qui elle est, je pense que vous n'avez pas besoin de connaître son nom, jeune homme.

— Soit, soit, continuez.

— Continuez ! Voyez ce ton pour me parler ! Excusez, peut-être vous ai-je froissé en vous appelant jeune homme, mais je n'avais nullement... En un mot, s'il vous plaît de me rendre un très grand service, eh bien, voici, une dame... entendez bien que je veux dire une dame très bien, d'excellente famille, des gens de ma connaissance... On m'a chargé... Moi, je dois vous dire, je ne suis pas marié...

— Bon, alors...

— Mettez-vous à ma place, jeune homme (ah, encore ! veuillez m'excuser, je n'arrête pas de vous appeler jeune homme). Chaque minute est précieuse... Imaginez que cette dame... mais ne pouvez-vous pas me dire qui habite cet immeuble ?

— Ma foi... beaucoup de gens.

— Oui, c'est juste, vous avez parfaitement raison, répondit le monsieur à la pelisse de raton avec un léger rire pour sauver la face, je sens que je perds un peu le fil... Mais pourquoi ce ton de votre part ? Vous voyez que j'avoue ingénument que je perds le fil, et si vous êtes un homme pénétré de sa supériorité, vous avez suffisamment joui de mon humiliation... Je disais donc, une dame, de conduite irréprochable, c'est-à-dire de contenu léger, pardon, je ne sais plus ce que je dis, je parle comme de je ne sais quelle littérature ; oui, voilà, on a découvert que Paul de Kock est de contenu léger, et c'est justement de Paul de Kock que vient tout le malheur, monsieur... voilà !... »

Le jeune homme considéra avec compassion le monsieur en pelisse de raton, qui sembla perdre tout à fait pied, se tut, le regarda avec un sourire hébété et, sans la moindre raison apparente, le saisit par le revers de sa veste fourrée.

« Vous demandiez qui habite ici ? interrogea le jeune homme en reculant légèrement.

— Oui, beaucoup de gens, avez-vous dit.

— Ici... je sais qu'ici habite entre autres Sofia Ostafievna, lâcha le jeune homme à voix basse et non sans quelque compassion.

— Ah ! vous voyez, vous voyez ! Vous savez quelque chose, jeune homme !

— Je vous assure que non, je ne sais rien... J'ai pensé seulement, d'après votre air catastrophé...

— J'ai tout de suite appris par la cuisinière

qu'elle vient souvent ici ; mais ce n'est pas ce que vous pensez, ce n'est pas chez Sofia Ostafievna... elle ne la connaît pas...

— Non ? Alors veuillez m'excuser...

— On voit bien que tout cela ne vous intéresse guère, jeune homme, déclara l'étrange monsieur avec une amère ironie.

— Écoutez, balbutia le jeune homme gêné, au fond je ne connais pas la raison de votre état, mais on vous a probablement fait faux bond, dites franchement ? » Le jeune homme souriait d'un air de connivence. « Au moins nous sommes faits pour nous comprendre, ajouta-t-il, et tout son corps manifestait généreusement le désir de s'incliner en un léger salut.

— Vous m'achevez ! mais, je vous l'avoue sincèrement, c'est bien cela... Mais à qui cela n'arrive-t-il pas !... Je suis profondément touché de la part que vous prenez. Convenez qu'entre gens jeunes... Je ne suis pas jeune, il est vrai, mais, n'est-ce pas, l'habitude, la vie de garçon... entre célibataires, n'est-ce pas, on sait bien que...

— Oui, on sait bien, on sait bien ! Mais en quoi puis-je vous aider ?

— Eh bien voici : vous avouerez que se rendre chez Sofia Ostafievna... Au reste, je ne sais pas encore de façon sûre où est allée cette dame ; je sais seulement qu'elle est dans cet immeuble ; mais en vous voyant faire les cent pas — moi aussi je faisais les cent pas de l'autre côté — je me suis dit... J'attends ici cette dame, voyez-vous... je sais qu'elle est ici, je voudrais l'aborder et lui expliquer combien c'est inconvenant et ignominieux... en un mot, vous me comprenez...

— Hum... oui !

— Ce n'est même pas pour moi que je le fais ; n'allez pas vous imaginer... c'est la femme d'un autre ! Son mari est là-bas, au pont de l'Ascension ; il veut la prendre sur le fait, mais il ne se décide pas, il se refuse encore à croire, comme tous les maris... (ici le monsieur en pelisse de raton tenta de sourire) je suis son ami ; vous conviendrez, je suis un homme jouissant de quelque considération, il n'est pas question que je sois ce pour quoi vous me prenez.

— Certes, certes ; alors donc... ?

— Eh bien voici, je cherche constamment à la surprendre ; c'est ce qu'on m'a demandé de faire, n'est-ce pas (pauvre mari !) ; mais je la connais futée, la jeune dame (toujours Paul de Kock sous son oreiller) ; je suis convaincu qu'elle trouve moyen de se faufiler sans être aperçue... C'est la cuisinière, je l'avoue, qui m'a dit qu'elle fréquente ici ; je me suis précipité comme un fou dès que j'ai appris la chose ; je veux la prendre sur le fait. Il y a longtemps que j'avais des soupçons, c'est pourquoi je voulais vous demander, vous qui venez ici... si vous... vous... je ne sais pas...

— Bon, mais enfin, qu'est-ce que vous désirez ?

— Oui... Je n'ai pas l'honneur de vous connaître, je ne saurais pousser la curiosité jusqu'à vous demander qui vous êtes et comment vous... En tout cas, permettez que nous fassions connaissance ; l'occasion m'est agréable... »

Le monsieur frémissant serra chaleureusement la main du jeune homme.

« C'est ce que j'aurais dû faire dès le début, ajouta-t-il, mais j'oubliais toutes convenances ! »

Tout en parlant, le monsieur en pelisse de raton ne tenait pas en place, il jetait de tous côtés des regards inquiets, il piétinait et à chaque instant, comme s'il était en péril, il se cramponnait de la main au jeune homme.

« Je vais vous dire, poursuivit-il, je voulais m'adresser à vous en ami... excusez la liberté...

je voulais vous demander de bien vouloir surveiller l'autre côté et le côté de la ruelle, là où se trouve l'entrée de service, comme ça, en *pi*, en décrivant un *pi* grec, vous voyez ce que je veux dire. Moi, pour ma part, je ferais les cent pas devant l'entrée principale, de sorte qu'elle ne pourrait pas nous échapper ; tout seul, j'avais constamment crainte de la manquer ; je ne veux pas la manquer. Vous, dès que vous la verrez, vous l'arrêterez et vous m'appellerez... Mais je suis fou ! Je m'aperçois maintenant seulement de la sottise et de l'inconvenance de ma proposition !

— Non, voyons ! Je vous en prie !...

— Je n'ai pas d'excuse ; je suis en plein désarroi, je déraille comme jamais je n'ai déraillé ! C'est comme si on me traînait en justice ! Je vais même vous avouer... je serai loyal et franc avec vous, jeune homme : je vous prenais même pour l'amant !

— C'est-à-dire, soyons nets, vous voudriez savoir ce que je fais ici ?

— Noble jeune homme, très estimé monsieur, loin de moi la pensée que vous êtes *lui* ; je ne songe pas à vous salir ainsi, mais... mais me donnez-vous votre parole d'honneur que vous n'êtes pas l'amant ?...

— Bon, soit, ma parole d'honneur, je suis l'amant, mais pas de votre femme ; si je l'étais, je ne serais pas en ce moment dans la rue, mais avec elle !

— De ma femme ? Qui vous a parlé de ma femme, jeune homme ? Je suis célibataire, c'est-à-dire, je suis moi-même l'amant...

— Mais vous avez dit qu'il y a le mari... au pont de l'Ascension.

— Certes, certes, je m'oublie en parlant ; mais il y a d'autres liens ! Et convenez, jeune homme, une certaine légèreté de caractère, je veux dire...

— Bon, bon, c'est bien, c'est bien !...

— Je veux dire que je ne suis pas du tout le mari...

— Je vous en crois tout à fait, monsieur. Mais je vous dirai franchement que si je cherche maintenant à vous détromper c'est pour me calmer moi-même, et c'est en somme pour cela que je vais être franc avec vous ; vous m'avez dérangé et vous me gênez. Je vous promets de vous appeler. Mais je vous supplie humblement de me laisser la place et de vous éloigner. Moi aussi j'attends.

— Je vous en prie, je vous en prie, je vais m'éloigner, je sais mesurer l'impatience passionnée de votre cœur. Je comprends cela, jeune homme. Oh ! comme je vous comprends en ce moment !

— Bien, bien...

— Au revoir !... Toutefois, excusez, jeune homme, je reviens encore... Je ne sais comment dire... Donnez-moi encore une fois votre parole d'homme loyal que vous n'êtes pas l'amant !

— Ah ! Seigneur Dieu !

— Encore une question, la dernière : vous connaissez le nom du mari de votre... je veux dire de celle qui est votre objet ?

— Naturellement, je le connais : ce n'est pas votre nom, un point c'est tout !

— Et comment savez-vous mon nom ?

— Écoutez, à la fin, allez-vous-en ; vous perdez du temps, elle vous échappera mille fois... Enfin, qu'est-ce que vous voulez ? La vôtre porte un manteau de renard et une cloche, et la mienne une jaquette à carreaux et une toque de velours bleu... Alors, qu'est-ce qu'il vous faut encore ? Que voulez-vous de plus ?

— Une toque de velours bleu ! Elle a aussi une jaquette à carreaux et une toque bleue ! s'écria l'obsédant personnage en revenant brusquement sur ses pas.

— Ah ! le diable vous emporte ! Enfin quoi, c'est une chose qui peut arriver... D'ailleurs, qu'est-ce que je dis ! La mienne n'a pas l'habitude de venir ici !

— Alors, où est-elle, la vôtre ?

— Vous avez bien besoin de le savoir ; qu'est-ce que cela peut vous faire ?

— J'avoue que je me demande encore...

— Ouf, Dieu du Ciel ! Mais vous n'avez pas la moindre pudeur ! Eh bien, la mienne a ici des amis, au deuxième étage, sur la rue. Alors, quoi encore, il vous faut leur nom, peut-être ?

— Dieu grand ! Moi aussi j'ai des amis au deuxième étage, avec fenêtres sur la rue... Un général...

— Un général !

— Un général. Je peux même vous dire lequel : le général Polovitsyne.

— Vous voyez bien ! Ce n'est pas celui-là ! (Çà, par exemple ! Çà, par exemple !)

— Ce n'est pas celui-là ?

— Non, pas celui-là. »

Tous deux, muets, se regardaient avec effarement.

« Eh bien, qu'avez-vous à me regarder comme ça ? » s'écria le jeune homme, secouant avec humeur sa stupeur et ses réflexions.

L'autre monsieur devint fébrile.

« Je... je... j'avoue...

— Non, maintenant permettez, permettez, parlons raison. Affaire commune. Expliquez-moi... Qui avez-vous dans cette maison ?...

— Vous voulez dire comme relations ?...

— Oui, comme relations...

— Vous voyez, vous voyez ! Je vois à vos yeux que j'ai deviné !

— Allez au diable ! Mais non, non, vous dis-je, le diable vous emporte ! Vous êtes aveugle, ou quoi ? Puisque je suis là devant vous, je ne me trouve pas avec elle, quoi ! Voyons ! Et puis d'ailleurs, ça m'est bien égal : parlez ou ne parlez pas, c'est comme vous voudrez ! »

Le jeune homme à la veste fourrée, en rage, fit deux quarts de tour sur les talons et le geste d'envoyer tout promener.

« Mais ne vous fâchez pas, je vous en prie, je vais tout vous dire, en homme loyal. Au début ma femme venait ici seule, elle leur est parente ;

moi, je n'avais pas le moindre soupçon. Hier, je rencontre Son Excellence[1] ; il me dit qu'il y a déjà trois semaines qu'il a déménagé d'ici, et ma f..., c'est-à-dire non, pas ma femme, la femme de l'autre (celui qui est au pont de l'Ascension), cette dame avait dit avant-hier encore qu'elle revenait de chez eux, entendez de l'appartement qui est ici. Et c'est la cuisinière qui m'a raconté que l'appartement de Son Excellence a été loué par un jeune homme nommé Bobynitsyne...

— Ah ! nom d'un chien de nom d'un chien !...

— Cher monsieur, je suis effrayé, je suis épouvanté !

— Eh ! allez au diable ! Qu'est-ce que ça me fait, à moi, que vous soyez effrayé et épouvanté ! Ah ! Tiens, là-bas, là-bas quelqu'un vient de passer, là-bas...

— Où ? où ? Vous n'avez qu'à appeler : Ivan Andréiévitch, j'accours !

— Bien, bien. Ah ! nom d'un chien de nom d'un chien ! Ivan Andréiévitch !...

— J'arrive ! cria Ivan Andréiévitch revenant en hâte tout essoufflé. Quoi, quoi, où ?

1. C'est-à-dire le général Polovitsyne.

— Non, c'était seulement... Je voulais savoir comment s'appelle cette dame.

— Glaf...

— Glafira ?

— Non, pas tout à fait Glafira... Excusez, je ne peux pas vous dire son nom. » Ce disant, le digne homme était pâle comme un linge.

« Oui, bien sûr, pas Glafira, je sais bien que ce n'est pas Glafira ; la mienne non plus n'est pas Glafira. Mais au fait, avec qui est-elle ?

— Où ?

— Là ! Ah ! nom d'un chien de nom d'un chien ! (Le jeune homme ne se tenait plus de fureur.)

— Ah ! vous voyez ! Comment saviez-vous qu'elle s'appelle Glafira ?

— Et allez au diable à la fin ! Quel tintouin, avec vous ! Puisque vous dites vous-même que la vôtre ne s'appelle pas Glafira !

— Cher monsieur, quel ton !

— Et au diable, il s'agit bien de ton ! Qu'est-ce qu'elle est, votre femme ou quoi ?

— Non, c'est-à-dire, je ne suis pas marié... Mais je me garderais, moi, ayant affaire à un homme honorable dans le malheur, à un homme, je ne dirais pas digne de toute considération, mais à tout le moins bien élevé, de l'envoyer au diable à chaque pas. Vous n'arrêtez pas de dire : au diable ! au diable ! et nom d'un chien !

— Eh bien oui, au diable, là ! Voilà pour vous, compris ?

— Vous êtes aveuglé par la colère, et je me tais... Mon Dieu, qui est-ce ?

— Où ? »

On entendit du bruit et des rires ; deux accortes jeunes personnes sortirent de l'immeuble ; tous deux se précipitèrent vers elles.

« En voilà des manières ! Qui êtes-vous ?

— De quoi vous mêlez-vous ?

— On n'est pas celles que vous croyez !

— Allez, vous êtes mal tombés ! Cocher !

— À vos ordres, mam'selle ?

— À Pokrov. Monte, Annouchka, je te dépose.

— Bon, moi, de l'autre côté du fleuve. Fouette, cocher ! Et tâche de faire vite... »

Le fiacre s'en alla.

« D'où viennent-elles ?

— Mon Dieu, mon Dieu ! Et si on y allait ?

— Où ça ?

— Eh bien, chez ce Bobynitsyne.

— Non, inutile...

— Pourquoi ?

— J'irais, bien sûr ; mais elle trouvera autre chose à dire ; elle... se débrouillera : je la connais ! Elle dira qu'elle est venue exprès pour me pincer avec je ne sais qui, et c'est sur moi qu'elle fera retomber la faute !

— Et dire qu'elle est peut-être là ! Mais vous... je ne sais pas, pourquoi pas... mais oui, vous, allez-y, chez ce général...

— Mais il n'habite plus là !

— Mais peu importe, comprenez donc ! Elle y est bien allée, elle ; eh bien, vous de même, vous comprenez ? Vous faites comme si vous ne saviez pas que le général a déménagé, vous allez chez lui comme pour chercher votre femme... et puis la suite, quoi !

— Et après ?

— Eh bien, après, vous pincez qui vous savez chez Bobynitsyne ; nom d'un chien, vous êtes bou...

— Dites, mais vous, en quoi cela vous regarde-t-il, qui je pince ? Vous voyez, vous voyez !...

— Quoi, quoi, bon sang, qu'est-ce que je vois ? Vous en revenez encore à votre idée ? Ah !

Seigneur, Seigneur ! Vous devriez avoir honte d'être à ce point ridicule et bouché !

— Soit, mais pourquoi donc êtes-vous si intéressé ? Vous voulez savoir...

— Quoi savoir ? Quoi ? Et puis le diable vous emporte, je me fiche bien de vous maintenant ! Je vais y aller tout seul ; allez-vous-en, fichez le camp ; montez la garde, courez là-bas, allons !

— Cher monsieur, il me semble que vous vous oubliez ! s'écria éperdu le monsieur en pelisse de raton.

— Et puis après ? Et puis après, si je m'oublie ? lâcha le jeune homme, les dents serrées et marchant dans un mouvement de fureur sur le monsieur en pelisse de raton, et puis après ? devant qui est-ce que je m'oublie ? tonna-t-il, les poings brandis.

— Mais, cher monsieur, permettez...

— Allons, qui êtes-vous, vous devant qui je m'oublie ? Quel est votre nom ?

— Je ne vois pas, jeune homme... Pourquoi mon nom ?... Je ne peux pas vous le dire... J'aime mieux aller avec vous. Allons-y, je ne resterai pas en arrière, je suis prêt à tout... Mais croyez-moi, je mérite des expressions plus polies ! Il ne faut jamais perdre sa présence d'esprit, et si quelque chose vous bouleverse, et je devine bien quoi, il faut au moins ne pas s'oublier... Vous êtes encore un très, très jeune homme !...

— Et que voulez-vous que ça me fasse, que vous soyez âgé ? La belle affaire ! Allez-vous-en ; qu'est-ce que vous avez là à courir en tous sens ?...

— Pourquoi âgé, moi ? Qu'est-ce que j'ai d'âgé ? En grade[1], c'est vrai... mais je ne cours pas en tous sens...

— C'est bien ce que je vois. Mais fichez donc le camp...

— Pas du tout, j'irai avec vous ; vous ne pouvez pas me l'interdire ; c'est aussi mon affaire ; je vais avec vous...

— Soit, mais alors doucement, doucement, silence !... »

Tous deux gravirent le perron et s'engagèrent dans l'escalier vers le deuxième étage ; il y faisait fort sombre.

« Attendez ! Avez-vous des allumettes ?

1. Dans le langage administratif et militaire, les épithètes d'âge désignent des différences de grade.

— Des allumettes ? Quelles allumettes ?

— Vous fumez bien le cigare ?

— Ah, oui ! Oui, j'en ai, j'en ai ; les voici, tenez ; attendez, attendez... » Le monsieur en raton s'affairait à chercher.

« Ouf ! Quelle and... au diable ! Je crois que c'est cette porte...

— C'est ça, c'est ça, c'est ça, c'est ça, c'est ça...

— C'est ça, c'est ça, c'est ça — qu'avez-vous à gueuler ? Silence !...

— Cher monsieur, je me retiens à quatre... Vous êtes un insolent, voilà !... »

La flamme jaillit.

« C'est bien ça, voici la plaque de cuivre ! Voilà : Bobynitsyne ; vous voyez : Bobynitsyne ?...

— Je vois, je vois !

— Si-lence ! L'allumette s'est éteinte ?

— Oui.

— Faut-il frapper ?

— Oui, il faut ! répondit le monsieur en pelisse de raton.

— Frappez donc !

— Non, pourquoi moi ? Vous d'abord, frappez...

— Froussard !

— C'est vous le froussard !

— Fi-chez-moi-donc-le-camp !

— Je me repens presque de vous avoir livré mon secret ; vous...

— Je... Quoi, je... ?

— Vous avez profité de mon désarroi ! Vous avez vu que j'étais en désarroi, et...

— Eh, la barbe ! Vous me faites rire, et voilà tout !

— Et pourquoi êtes-vous ici ?

— Et vous, alors, pourquoi ?...

— Une jolie moralité ! constata avec indignation le monsieur en pelisse de raton...

— Qu'est-ce que vous parlez de moralité ? Hein, dites ?

— Eh bien, je dis que c'est immoral !

— Quoi !

— Oui, selon vous, tout mari trompé est une buse !

— Vous êtes donc le mari ? Mais je croyais que le mari était au pont de l'Ascension ? Alors, qu'est-ce que ça peut vous faire ? De quoi vous mêlez-vous ?

— Et il me semble bien, moi, que c'est vous l'amant !...

— Écoutez-moi, si vous continuez comme cela, je vais être obligé de confesser que vous, vous êtes bien la buse ! Vous voyez ce que je veux dire ?

— Vous voulez dire que je suis le mari ! dit le monsieur en pelisse de raton en reculant comme ébouillanté.

— Tss ! Silence ! Écoutez...

— C'est elle.

— Non !

— Bon Dieu ! Quelle obscurité ! »

Le silence se fit ; on entendit du bruit dans l'appartement de Bobynitsyne.

« Pourquoi nous disputer, cher monsieur ? chuchota le monsieur en pelisse de raton.

— Mais c'est vous, le diable vous emporte, qui faites l'offensé !

— Mais vous m'avez poussé aux dernières limites !

— Taisez-vous !

— Convenez que vous êtes encore un très jeune homme...

— Mais tai-sez-vous-donc !

— Certes, j'admets votre idée, qu'un mari en pareille position est une buse.

— Mais enfin vous tairez-vous ? Oh !...

— Mais à quoi bon cette méchante persécution d'un homme malheureux ?...

— C'est elle ! »

Mais juste à ce moment le bruit cessa.

« Elle ?

— Oui, elle, elle, elle ! Mais vous, vous, de quoi vous mettez-vous en peine ? Ce n'est pas vous la victime !

— Cher monsieur, cher monsieur ! balbutia le monsieur en pelisse de raton, tout pâle et au bord des larmes. Je suis certes en plein désarroi... vous avez suffisamment vu mon humiliation ; encore fait-il maintenant nuit, bien sûr, mais demain... au fait nous ne nous reverrons certainement pas demain, quoique je ne craigne pas de vous revoir, et puis d'ailleurs ce n'est pas moi, c'est mon ami qui est au pont de l'Ascension : parfaitement, c'est lui ! C'est sa femme, c'est la femme d'un autre ! Un pauvre homme, je vous assure !... Je le connais bien, permettez, je vais tout vous raconter. Je suis son ami, comme vous pouvez le voir, sinon je ne me désolerais pas pour lui comme je le fais maintenant, vous le voyez vous-même. Je lui avais pourtant dit bien des fois : pourquoi te maries-tu, mon cher ami ? Tu as une fonction, tu vis à ton aise, tu es un homme respecté, pourquoi changer tout cela pour les caprices de la coquetterie ? Convenez-en ! Non, je veux me marier, dit-il : le bonheur familial... T'en voilà du bonheur familial ! Il a commencé par tromper lui-même les maris, maintenant à lui de boire la coupe d'amertume... Pardonnez-moi, mais cette explication a été imposée par la nécessité !... C'est un pauvre homme et il boit la coupe — voilà !... » Sur ces mots le monsieur en pelisse de raton eut un hoquet comme s'il allait sangloter pour de bon.

« Et qu'ils aillent tous au diable ! Ce n'est pas les imbéciles qui manquent ! Et vous, qui êtes-vous ? »

Le jeune homme grinçait des dents de rage.

« Eh bien, après cela, vous avouerez vous-même... j'ai été loyal et franc avec vous... mais ce ton !

— Non, permettez, excusez-moi... Quel est votre nom ?

— Et pourquoi donc mon nom ?

— Ha !

— Je ne peux pas vous dire mon nom...

— Chabrine, vous connaissez ? lâcha très vite le jeune homme.

— Chabrine !

— Oui, Chabrine ! Ah ! (Ici le monsieur en veste fourrée avait quelque peu piqué au vif le monsieur en pelisse de raton.) Vous y êtes ?

— Mais non, qu'est-ce que Chabrine vient faire ici ? répondit le monsieur en raton saisi de stupeur, rien à voir avec Chabrine : c'est un homme respectable ! J'excuse votre incorrection par les tourments de la jalousie.

— Un filou, qu'il est, une âme vénale, un concussionnaire, un gredin, il a pillé le Trésor ! Il ne tardera pas à être livré à la justice !

— Pardon, dit le monsieur en pelisse de raton blêmissant, vous ne le connaissez pas ; on voit bien qu'il vous est tout à fait inconnu.

— Non, je ne le connais pas personnellement, mais je le sais d'autres sources très proches de lui.

— Et de quelles sources, cher monsieur ? Je suis en plein désarroi, vous le voyez...

— Un nigaud ! Un jaloux ! Incapable d'avoir l'œil sur sa femme ! Voilà ce qu'il est, si cela vous fait plaisir de le savoir !

— Excusez, vous vous opiniâtrez dans l'erreur, jeune homme...

— Ah !

— Ah ! »

Du bruit parvint de l'appartement de Bobynitsyne. On ouvrait la porte. Des voix se firent entendre.

« Ah, ce n'est pas elle, ce n'est pas elle ! Je reconnais sa voix ; je vois clair maintenant, ce n'est pas elle ! » dit le monsieur en pelisse de raton qui pâlit comme un linge.

« Silence ! »

Le jeune homme s'aplatit contre le mur.

« Cher monsieur, je me sauve : ce n'est pas elle, je suis très content.

— Parfait ! Allez-vous-en, allez-vous-en !

— Et pourquoi restez-vous, vous ?

— Et qu'est-ce que cela vous fait ? »

La porte s'ouvrit, et le monsieur en pelisse de raton, pris de panique, se précipita tête baissée dans l'escalier.

Le jeune homme vit passer près de lui un homme et une femme, et son cœur se glaça... Il entendit une voix féminine bien connue, puis une voix masculine rauque, mais parfaitement inconnue.

« N'importe, je vais faire venir mon traîneau, dit la voix rauque.

— Ah ! bien, bien, d'accord ; allez, faites-le venir...

— Il est là, tout de suite. »

La dame resta seule.

« Glafira ! où sont tes serments ? s'écria le jeune homme en veste fourrée en saisissant la dame par le bras.

— Ha ! qui est-ce ? C'est vous, Tvarogov ? Grand Dieu ! Que faites-vous ici ?

— Avec qui étiez-vous ?

— Mais c'est mon mari, partez, partez, il va sortir d'un moment à l'autre de là... de chez les Polovitsyne ; partez, de grâce, partez.

— Les Polovitsyne n'habitent plus ici depuis trois semaines ! Je sais tout !

— Aïe ! » La dame s'enfuit jusqu'au perron. Le jeune homme la rattrapa.

« Qui vous l'a dit ? demanda la dame.

— Votre mari, chère madame, Ivan Andréiévitch ; il est ici, il est devant vous, chère madame... »

Ivan Andréiévitch était en effet près du perron.

« Ah ! c'est vous ? s'écria le monsieur en pelisse de raton.

— **Ah! C'est vous!*[1] s'écria Glafira Pétrovna en s'élançant avec une joie non feinte. Mon Dieu! si vous saviez ce qui m'est arrivé! J'étais chez les Polovitsyne; et figure-toi... tu sais qu'ils habitent maintenant au pont Ismaël : je te l'ai dit, tu te souviens? J'avais pris un traîneau en partant. Les chevaux se sont emballés, ont démoli le traîneau, et je suis tombée à cent pas d'ici; on a emmené le cocher; j'étais comme folle. Heureusement * *monsieur* Tvarogov...

— Comment? »

* *Monsieur* Tvarogov ressemblait plutôt à la personnification de la stupeur qu'à * *monsieur* Tvarogov.

« * *Monsieur* Tvarogov s'est trouvé ici à ce moment et me proposait de me reconduire. Mais puisque te voilà, il ne me reste plus qu'à vous exprimer ma chaude reconnaissance, Ivan Ilyitch... »

La dame tendit la main à Ivan Ilyitch pétrifié, et elle pinça la sienne plus qu'elle ne la serra.

« * *Monsieur* Tvarogov, un ami à moi, c'est au bal des Skorloupov que j'ai eu le plaisir de faire

1. Les mots en italique précédés d'un astérisque sont en français dans le texte.

sa connaissance : je te l'ai dit, je crois ? Tu ne te rappelles pas, Coco ?

— Ah ! mais oui, bien sûr ! Mais oui, je me souviens ! repartit le monsieur en pelisse de raton qu'on avait appelé Coco. Très heureux, très heureux. »

Et il serra chaleureusement la main de M. Tvarogov.

« Avec qui êtes-vous ? Qu'est-ce que ça signifie ? Je vous attends... », dit à ce moment la voix rauque.

Le groupe avait devant lui un monsieur d'une taille immense, qui tira son lorgnon et considéra attentivement le monsieur en pelisse de raton.

« Tiens, **monsieur* Bobynitsyne ! gazouilla la dame. Quel bon vent ? Voilà une rencontre ! Figurez-vous que je viens d'avoir un accident de traîneau... Mais que je vous présente mon mari... **Jean ! Monsieur* Bobynitsyne, c'est au bal chez les Karpov...

— Ah ! très, très, très agréable !... Mais je vais chercher un fiacre, ma chérie.

— Va, **Jean*, va : je suis toute bouleversée, je tremble encore, je crois que je vais me trouver mal... Ce soir au bal masqué, souffla-t-elle à Tvarogov... Au revoir, au revoir, monsieur

Bobynitsyne ! Nous nous verrons sûrement demain au bal des Karpov...

— Non, excusez, demain je n'irai pas ; demain on verra, puisque ce n'est plus ça... »

M. Bobynitsyne marmonna encore quelque chose entre ses dents, frappa d'une botte contre l'autre, monta dans son traîneau et s'en alla.

Un fiacre s'avança ; la dame y prit place. Le monsieur en pelisse de raton restait sur place ; on l'aurait dit incapable de faire un mouvement et il regardait stupidement le monsieur en veste fourrée. Celui-ci souriait d'un sourire assez peu spirituel.

« Je ne sais pas...

— Excusez-moi, enchanté d'avoir fait connaissance, répondit le jeune homme, s'inclinant avec curiosité et un peu de gêne.

— Très, très content...

— Vous perdez, je crois, une galoche...

— Moi ? Ah oui ! merci, merci bien ; je dis toujours que je vais en acheter en caoutchouc...

— On dit que dans le caoutchouc le pied transpire, dit le jeune homme, apparemment avec le plus vif intérêt.

— **Jean*, alors, viens-tu bientôt ?

— En effet, il transpire. Tout de suite, tout de suite, chérie, nous causons, c'est très intéressant ! En effet, comme vous avez bien voulu le remarquer, le pied transpire... Mais au fait, excusez-moi, je...

— Je vous en prie.

— Très, très, très heureux d'avoir fait connaissance... »

Le monsieur en pelisse de raton monta dans le fiacre ; le fiacre s'ébranla ; le jeune homme immobile le suivait des yeux, mal revenu de son ahurissement.

II

Le lendemain soir il y avait représentation à l'Opéra italien. Ivan Andréiévitch fit irruption dans la salle comme une bombe. Jamais encore nul n'avait remarqué chez lui tant de *furore*, tant de passion pour la musique. Du moins savait-on positivement qu'Ivan Andréiévitch aimait énormément faire un somme d'une ou deux heures à l'Opéra italien ; il avait même émis plusieurs fois l'opinion que c'était chose agréable et délicieuse. « Et puis il y a la prima donna, disait-il à ses amis, qui vous miaule une berceuse comme une jolie chatte blanche. » Mais le temps était déjà loin où il disait cela et d'autres choses, cela datait de l'autre saison : maintenant, hélas ! Ivan Andréiévitch, même chez lui, et la nuit, ne trouvait pas le sommeil. Quoi qu'il en soit, il fit irruption comme une bombe dans la salle pleine à craquer. L'ouvreur porta même sur lui un regard quelque peu soupçonneux et loucha aussitôt sur sa poche intérieure, ne doutant pas d'y voir dépasser le manche d'un poignard préparé à toute éventualité. Il faut dire qu'à l'époque florissaient deux partis, chacun tenant pour sa prima donna. Il y avait les *...sistes* et les *...nistes*[1], et les uns et les autres aimaient à ce point le *bel canto* que les ouvreurs avaient fini par redouter véritablement quelque trop définitive manifestation d'amour pour tout ce que les deux cantatrices incarnaient de beau et d'élevé. Voilà pourquoi, devant cette intrusion juvénile, en pleine salle de théâtre, d'un homme d'un certain âge et grisonnant — quoique, à vrai dire, pas tout à fait grisonnant, mais, comme ça, à peu près quinquagénaire, un peu chauve —, en somme, d'un homme, à le voir, de sens rassis, l'ouvreur se rappela involontairement les sublimes paroles d'Hamlet, prince de Danemark :

Quand la vieillesse tombe si terriblement,
Que dire de la jeunesse ?... etc.,

1. C'est-à-dire les admirateurs respectifs de Teresa de Giuli Borsi et d'Ermina Frezzolini, deux cantatrices de l'Opéra italien en saison à Pétersbourg en 1847-1848.

et, comme on l'a dit plus haut, loucha sur la poche intérieure du frac, comptant y deviner un poignard. Mais il n'y avait là qu'un portefeuille, et rien de plus.

Entré en trombe au théâtre, Ivan Andréiévitch parcourut instantanément du regard toutes les loges du deuxième balcon, et — consternation ! — son cœur défaillit : elle était là ! elle était dans la loge ! Il y avait là aussi le général Polovitsyne avec son épouse et sa belle-sœur ; il y avait aussi l'aide de camp du général, un jeune homme extraordinairement adroit ; il y avait encore un civil... Ivan Andréiévitch tendit toute son attention, toute son acuité visuelle, mais — consternation ! — le civil se cacha traîtreusement derrière l'aide de camp et demeura dans les ténèbres de l'anonymat.

Elle était ici, et cependant ce n'était pas du tout ici qu'elle avait dit aller ! C'est justement cette duplicité, que depuis un certain temps manifestait à chaque pas Glafira Piétrovna, qui tuait Ivan Andréiévitch. Et c'est justement ce jeune civil qui le jetait enfin dans le plus complet désespoir. Il se laissa tomber dans son fauteuil, tout à fait abattu. À quoi bon, semblait-il ? Le cas était des plus simples...

Il convient de noter qu'Ivan Andréiévitch occupait un fauteuil juste devant une baignoire, et qui plus est, la perfide loge de deuxième balcon se trouva être précisément au-dessus de son fauteuil, en sorte qu'à son immense désappointement il lui était absolument impossible d'observer ce qui se passait au-dessus de sa tête. Aussi enrageait-il et bouillait-il sur place comme un samovar. Tout le premier acte passa pour lui inaperçu, je veux dire qu'il n'en perçut pas une traître note. On dit que la vertu de la musique est qu'on peut accorder les impressions qu'elle procure au diapason de n'importe quel état d'âme. Un homme joyeux trouvera dans les sons la joie, un chagrin le chagrin ; aux oreilles d'Ivan Andréiévitch c'est un ouragan qui hurla. Pour mettre le comble à son humeur, derrière, devant, à droite et à gauche vociféraient des voix si effrayantes qu'Ivan Andréiévitch sentait son cœur près d'éclater. Enfin l'acte se termina. Mais, à la minute même où tombait le rideau, il arriva à notre héros une aventure que nulle plume ne saurait décrire.

Il advient parfois que du haut des loges de balcon choie un programme. Quand la pièce est ennuyeuse et que les spectateurs bâillent, c'est tout un événement : ceux du paradis surtout observent avec intérêt le vol plané de ce léger papier, et trouvent du plaisir à suivre ses évolutions en zigzag jusqu'aux fauteuils d'orchestre, où il ne manque jamais de se poser sur une tête nullement préparée à cette visite. Il est effectivement très curieux de voir la confusion de cette tête (car elle ne manque jamais d'être prise de confusion). Quant à moi, j'ai toujours peur aussi pour les jumelles de dames si fréquemment posées sur la bordure des loges : j'ai toujours l'impression qu'elles vont d'un instant à l'autre tomber sur une tête non préparée à cette rencontre. Mais je m'aperçois que cette tragique remarque est hors de propos, aussi la livrerai-je aux feuilletons des journaux qui mettent leurs lecteurs en garde contre les faiseurs de dupes, les gens peu consciencieux, les cafards si vous en avez chez vous, en recommandant un certain *signor Principe*, ennemi mortel et destructeur de tous les cancrelats du monde, non seulement russes, mais même étrangers, tels que blattes, « prussiennes » et autres.

Mais l'aventure qui arriva à Ivan Andréiévitch n'a jusqu'à présent été décrite nulle part. Ce qui tomba sur sa tête — assez dégarnie comme il a déjà été dit —, ce ne fut pas un programme. J'avoue que je me fais même conscience de dire ce qui lui tomba sur la tête, car il est réellement quelque peu désobligeant de faire savoir que sur le chef respectable et dénudé, c'est-à-dire partiellement privé de cheveux, d'un homme jaloux et exaspéré comme Ivan Andréiévitch se posa un objet aussi immoral que, disons le mot, un parfumé billet doux. En tout cas le pauvre Ivan Andréiévitch, nullement préparé à cette visite imprévue et révoltante, sursauta comme s'il avait reçu sur le crâne une souris ou je ne sais quel autre animal sauvage.

Que le billet était de contenu amoureux, on n'en pouvait douter. Il était écrit sur une feuille parfumée, exactement comme le sont les messages d'amour dans les romans, et réduit par pliage à un format perfidement minuscule, de manière à pouvoir se dissimuler dans un gant de dame. Il était tombé, probablement, par hasard, au moment même de la transmission : on avait dû, par exemple, demander le programme, et déjà le billet était lestement glissé dans ledit programme, lequel repassait aussitôt dans certaines mains, mais une seconde avait suffi — peut-être un heurt involontaire de l'aide de camp, lequel s'était avec une extraordinaire adresse excusé de sa maladresse — pour que le billet échappât à une petite main tremblante d'émotion, et pour que le jeune civil, tendant déjà des doigts impatients, reçût soudain, en guise de billet doux, un simple programme dont il se demandait bien que faire. Incident bizarre et désagréable ! j'en suis d'accord, mais avouez vous-mêmes qu'il était, pour Ivan Andréiévitch, encore plus désagréable.

« * *Prédestiné*, murmura-t-il, pris d'une sueur froide et serrant le billet dans sa paume, * *prédestiné !* La balle trouve le coupable ! lui vint-il en tête, non, ce n'est pas cela ! En quoi suis-je coupable ? Non, voilà, il y a un autre proverbe : sur le pauvre Macaire... et ainsi de suite [1]. »

Mais il peut bien en carillonner des choses, dans une tête abasourdie par un aussi soudain événement ! Ivan Andréiévitch restait médusé dans son fauteuil, et, comme on dit, ni mort ni vif. Il était persuadé que son aventure avait été remarquée de toutes parts, bien que commençât à ce moment même, dans toute la salle, le

1. *Sur le pauvre Macaire même les pommes de pin dégringolent,* dit le proverbe russe qui évoque la « guigne ».

brouhaha de l'entracte et des rappels de la cantatrice. Il était assis aussi confus, aussi empourpré et n'osant lever les yeux, que s'il lui était arrivé quelque brutal désagrément, quelque incongruité dans une belle et nombreuse société. Il se décida enfin à lever les yeux.

« Agréablement chanté, n'est-ce pas ? » confia-t-il à un élégant personnage assis à sa gauche.

L'élégant personnage, qui était au dernier degré de l'enthousiasme et frappait dans ses paumes, mais agissait principalement des pieds, jeta un regard rapide et distrait sur Ivan Andréiévitch et sur-le-champ, faisant un cornet de ses mains pour être mieux entendu, hurla le nom de la cantatrice. Ivan Andréiévitch, qui n'avait jamais ouï pareil organe, fut aux anges. « Il n'a rien remarqué ! » pensa-t-il, et il se retourna. Mais le gros monsieur assis derrière lui tournait à son tour le dos et lorgnait les loges. « Ça va bien là aussi ! » pensa Ivan Andréiévitch. Devant, évidemment, on n'avait rien vu. Il glissa timidement, et avec un joyeux espoir, un coup d'œil vers la baignoire devant laquelle se trouvait son fauteuil, et frémit de la plus déplaisante sensation. Il y avait là une fort belle dame qui, se couvrant la bouche de son mouchoir et pâmée sur le dossier de son fauteuil, riait à perdre le souffle.

« Oh, ces femmes ! » murmura Ivan Andréiévitch, et il s'élança sur les pieds des spectateurs vers la sortie.

Je laisse maintenant la décision à mes lecteurs eux-mêmes, et je les prie d'arbitrer entre Ivan Andréiévitch et moi. Trouvent-ils qu'il avait raison à cette minute ? Un grand théâtre, comme on sait, comprend quatre balcons de loges, plus un cinquième balcon, la galerie. Pourquoi prendre pour acquis que le billet était justement tombé d'une certaine loge, justement de celle-là et non d'une autre, fût-ce par exemple du cinquième balcon, où il y a bien aussi des dames ? Mais la passion est chose exclusive, et la jalousie la plus exclusive de toutes les passions du monde.

Ivan Andréiévitch se précipita au foyer, se plaça sous une lampe, brisa le cachet et lut :

« Ce soir, après le spectacle, rue des Pois, au coin de la ruelle X..., maison K..., au deuxième étage à droite. Entrée par la porte cochère. Sois-y * *sans faute*, je t'en prie. »

Ivan Andréiévitch ne reconnut pas l'écriture, mais il n'y avait pas de doute : c'était un rendez-vous. « La pincer, la prendre sur le fait et enrayer le mal à son début », telle fut la première idée d'Ivan Andréiévitch. Il fut tenté de démasquer la coupable sur-le-champ et ici même : mais comment faire ? Ivan Andréiévitch s'élança même au deuxième balcon, mais il eut le bon sens de revenir sur ses pas. Il ne savait décidément où courir. Faute d'autre idée, il fit le tour des couloirs et jeta un coup d'œil, par la porte ouverte d'une autre loge, sur les travées opposées. C'était bien cela ! aux cinq balcons verticalement superposés il y avait des jeunes dames avec des jeunes gens. Le billet doux avait pu tomber des cinq balcons pris en bloc, car Ivan Andréiévitch soupçonnait tous les balcons sans exception de conjuration contre lui. Mais il n'y avait rien pour le mettre sur la bonne voie, pas la moindre évidence. Durant tout le second acte il courut de corridor en corridor et ne trouva nulle part la tranquillité d'esprit. Il songea à mettre le nez à la caisse, dans l'espoir d'apprendre du caissier le nom des personnes qui occupaient les loges des quatre balcons, mais la caisse était fermée. Enfin retentirent de frénétiques vociférations et applaudissements. La représentation était terminée. Les rappels commençaient, et deux voix particulièrement tonnantes se faisaient entendre du haut des galeries, celles des meneurs des deux partis. Mais Ivan Andréiévitch n'en avait cure. L'idée lui était maintenant venue de ce qu'il allait faire. Il enfila sa veste fourrée et se rendit à la rue des Pois, afin d'y surprendre, pincer et démasquer, et, plus généralement, d'agir un peu plus énergiquement que la veille.

Il eut tôt fait de trouver la maison et s'engageait déjà sous la porte cochère, quand soudain, littéralement à sa barbe, se faufila la silhouette d'un élégant personnage en pardessus, qui le dépassa et s'élança dans l'escalier vers le deuxième étage. Ivan Andréiévitch eut l'impression que c'était bien son beau garçon de tout à l'heure, bien qu'il n'eût pas pu alors distinguer son visage. Le cœur lui défaillit. Le beau garçon l'avait déjà devancé de deux paliers. Il entendit enfin s'ouvrir une porte au deuxième étage, et elle s'ouvrit sans coup de sonnette, comme si l'arrivant avait été attendu : le jeune homme s'engouffra dans l'appartement. Ivan Andréiévitch parvint au deuxième étage alors qu'on n'avait pas encore refermé la porte. Il fut pour s'arrêter devant la porte, peser un peu plus mûrement sa démarche, hésiter un tantinet et ne se résoudre qu'ensuite à quelque chose de très décisif; mais à cette minute même retentit le roulement d'un coupé à la porte cochère, une portière s'ouvrit et se referma avec bruit, et des pas lourds commencèrent, avec geignements et toussotements, leur ascension vers un étage supérieur. Ivan Andréiévitch, pris de panique, ouvrit la porte et fit son entrée dans l'appartement avec toute la solennité d'un mari outragé. Une femme de chambre s'élança à sa rencontre, toute bouleversée, puis parut un homme : mais arrêter Ivan Andréiévitch était hors de toute possibilité. Il pénétra comme une bombe à l'intérieur et, ayant traversé deux pièces obscures, il se trouva dans une chambre à coucher devant une jeune et jolie dame qui, toute tremblante d'effroi, le regardait avec une véritable épouvante, comme ne comprenant pas ce qui se passait autour d'elle. À l'instant même, des pas lourds se firent entendre dans la pièce voisine, se dirigeant droit vers la chambre à coucher : les mêmes pas qui venaient de monter l'escalier.

« Dieu ! c'est mon mari ! » s'écria la dame en joignant les mains et en devenant plus blanche que son peignoir.

Ivan Andréiévitch sentit qu'il était tombé à côté, qu'il était en train de commettre une sotte et puérile algarade, qu'il avait mal pesé sa démarche, qu'il n'avait pas suffisamment hésité dans l'escalier. Mais il était trop tard. Déjà la porte s'ouvrait, déjà un homme pesant, à en juger par la lourdeur de ses pas, allait entrer dans la chambre... Je ne sais pas pour qui se prit Ivan Andréiévitch à cette minute, j'ignore ce qui l'empêcha d'attendre de pied ferme le mari, de lui expliquer qu'il avait fait un pas de clerc, d'avouer qu'il avait inconsciemment agi de la manière la plus inconvenante, d'en demander pardon et de s'éclipser — sans grand honneur certes, sans gloire certes, mais au moins loyalement et franchement. Non, une fois de plus Ivan Andréiévitch se conduisit comme un gamin, comme s'il se croyait un don Juan ou un Lovelace ! Il commença par se dissimuler derrière les rideaux du lit, puis, perdant toute présence d'esprit, il se laissa tomber à terre et, stupidement, se fourra sous le lit. L'effroi était plus fort en lui que la raison, et Ivan Andréiévitch, lui-même mari outragé ou qui au moins se croyait tel, ne put supporter l'idée de se trouver nez à nez avec un autre mari, qu'il craignit sans doute d'outrager par sa présence. Quoi qu'il en soit, le voilà sous le lit, bien incapable de comprendre comment il en est arrivé là. Ce qu'il y a de plus étonnant, c'est que la dame n'avait fait aucune opposition ; elle n'avait pas crié en voyant ce monsieur d'un certain âge au très étrange comportement chercher asile dans sa chambre à coucher. Elle était de toute évidence tellement épouvantée qu'elle en avait perdu la voix.

Le mari entra, soufflant et geignant, dit bonjour à sa femme d'une voix chantonnante et tout à fait sénile, et se laissa tomber dans un fauteuil comme s'il venait de coltiner un stère de bois. Il fut pris d'une toux sèche et prolongée. Ivan Andréiévitch, métamorphosé de tigre furibond en agneau effarouché, et pelotonné comme la souris devant le chat, osait à peine respirer de terreur, bien qu'il pût savoir de sa propre expérience que tous les maris bafoués ne mordent pas. Mais cela ne lui vint pas à l'esprit, soit faute d'imagination, soit par quelque autre inhibition. Prudemment, tout doucement, à tâtons, il commença à s'arranger sous le lit pour au moins s'y mettre plus à l'aise. Et quelle fut alors sa stupeur en palpant de la main un objet qui, à son immense surprise, bougea et le saisit à son tour par la main ! Il y avait sous le lit un autre homme...

« Qui est là ? souffla Ivan Andréiévitch.

— Eh, je viens de vous le dire, qui je suis ! chuchota l'étrange inconnu. Restez tranquille et taisez-vous, maintenant que vous avez fait la gaffe !

— Tout de même...

— Fermez-la ! »

Et l'intrus (car il suffisait bien d'un sous le lit), l'intrus serra dans son poing la main d'Ivan Andréiévitch au point que celui-ci faillit crier de douleur.

« Cher monsieur...

— Chut !

— Ne m'écrasez pas la main comme ça, ou je crie.

— Allez-y, criez ! Essayez ! »

Ivan Andréiévitch rougit de honte. L'inconnu était brutal et en colère. Peut-être était-ce un homme qui avait plus d'une fois subi les atteintes du sort et qui plus d'une fois s'était trouvé dans des situations inconfortables ; Ivan Andréiévitch, lui, était novice, il étouffait d'inconfort. Le sang lui battait aux tempes. Mais il n'y avait rien à faire : il fallait rester à plat ventre. Ivan Andréiévitch se soumit et fit silence.

« Je viens, chérie, commença le mari, de chez Paul Ivanytch. Nous avons fait une préférence, et puis... khé-khé-khé (il fut pris d'une quinte de toux)... et puis... khé !... le bas du dos... ; khé-khé-khé... bon sang !... khé-khé-khé... ! »

Et le petit vieillard s'abîma dans sa toux.

« Le dos s'est mis..., put-il enfin articuler, les yeux pleins de larmes, le bas du dos s'est mis à me faire mal... maudites hémorroïdes ! À ne pouvoir rester ni debout, ni assis... ni assis... Et khé-khé-khé-khé !... »

Et il semblait que la quinte qui recommençait devait avoir beaucoup plus longtemps à vivre que le petit vieillard affligé de cette toux. Le pauvre homme tentait de bredouiller quelque chose dans les moments de rémission, mais il était impossible de rien y démêler.

« Cher monsieur, pour Dieu poussez-vous un peu ! chuchota le malheureux Ivan Andréiévitch.

— Et où, s'il vous plaît ? Pas de place.

— Pourtant, vous avouerez que je ne peux pas rester ainsi. C'est bien la première fois que je me trouve dans une aussi détestable position.

— Et moi dans un si désagréable voisinage.

— Tout de même, jeune homme...

— La ferme !

— La ferme ? Vous vous conduisez tout de même avec une extraordinaire impolitesse, jeune homme... Si je ne me trompe, vous êtes encore très jeune ; je suis plus âgé que vous.

— La ferme !

— Cher monsieur ! Vous vous oubliez ; vous ne savez pas à qui vous parlez !

— À un monsieur à plat ventre sous un lit...

— Mais ce qui m'a amené ici, moi, c'est l'imprévu... une erreur, tandis que vous, si je ne me trompe, c'est l'immoralité.

— Voilà en quoi vous vous trompez.

— Cher monsieur ! Je suis plus âgé que vous, vous dis-je...

— Cher monsieur ! Sachez que nous sommes ici sur le même bateau. S'il vous plaît, ne m'empoignez pas la figure !

— Cher monsieur ! Je ne distingue rien. Excusez-moi, mais il n'y a pas de place.

— Pourquoi êtes-vous si gros ?

— Dieu ! Je n'ai jamais été dans une position aussi humiliante !

— En effet, on ne peut pas se vautrer plus bas.

— Cher monsieur, cher monsieur ! Je ne sais pas qui vous êtes et je ne comprends pas ce qui s'est passé ; mais moi, je suis ici par suite d'une erreur ; et non de ce que vous pensez...

— Je n'aurais strictement rien à penser de vous, si vous n'étiez pas si encombrant. Mais fermez-la enfin !

— Cher monsieur ! Si vous ne vous poussez pas un peu, je vais avoir un coup de sang. Vous répondrez de ma mort. Je vous assure... je suis un homme honorable, je suis un père de famille. Je ne peux tout de même pas rester dans une pareille posture !...

— C'est vous-même qui vous y êtes fourré. Soit, bougez ! vous voilà de la place ; je ne peux pas davantage !

— Généreux jeune homme ! Cher monsieur ! Je vois que je vous jugeais mal, dit Ivan Andréiévitch dans un élan de gratitude pour la place qui lui était cédée et en détendant ses membres engourdis. Je comprends l'inconfort de votre situation, mais que faire ? Je vois que vous pensez mal de moi. Permettez-moi de me relever dans votre opinion, souffrez que je vous dise qui je suis, je suis venu ici contre mon gré, je vous assure ; je ne suis pas venu pour ce que vous pensez... J'ai une frayeur épouvantable.

— Mais enfin vous tairez-vous ? Ne comprenez-vous pas que si on nous entend, ça ira mal ? Chut... le voilà qui parle. » En effet, la quinte de toux du vieillard semblait sur le point de passer.

« Alors voilà, chérie, râlait-il de la voix la plus lamentable, alors voilà..., khé !... khé !... ah, malheur ! Fiédossiéï Ivanovitch m'a dit : vous devriez essayer de boire de l'infusion de joubarbe ; tu entends, chérie ?

— J'entends, mon ami.

— Bien, alors il dit comme ça : vous devriez essayer de la joubarbe. Alors je lui dis : je me suis fait mettre des sangsues. Mais lui, alors : non, Alexandre Démianovitch, la joubarbe vaut mieux : elle décongestionne, je vais vous dire... khé-khé !... oh, mon Dieu !... Qu'en penses-tu, chérie ? Khé-khé ! Ah, Seigneur ! khé-khé-khé !... Alors peut-être la joubarbe vaut mieux, non ?... Khé-khé-khé ! Ah ! Khé-khé...

— Je pense que ce ne serait pas mal d'essayer, dit l'épouse.

— Oui, ce ne serait pas mal ! Qui sait, me dit-il, vous avez peut-être de la phtisie, khé-khé !

Moi je lui dis : de la goutte et de l'inflammation d'estomac, khé-khé ! Mais lui : peut-être aussi de la phtisie. Qu'en penses-tu, khé-khé... qu'en penses-tu, chérie, si c'était de la phtisie ?

— Ah ! mon Dieu, mais qu'est-ce que vous dites là ?

— Eh oui, de la phtisie ! Mais tu ferais bien, chérie, de te déshabiller et de te mettre au lit... khé-khé ! Et aujourd'hui... khé !... j'ai un rhume de cerveau. »

« Ouf ! fit Ivan Andréiévitch, de grâce, poussez-vous !

— Je n'arrive décidément pas à comprendre ce qui vous possède, allons, vous ne pouvez donc pas vous tenir tranquille...

— Vous vous acharnez contre moi, jeune homme, vous voulez me blesser, je le vois. Vous êtes vraisemblablement l'amant de cette dame ?

— Taisez-vous !

— Je ne me tairai pas ! Je ne me laisserai pas commander ! Hein, vous êtes sûrement l'amant ? Si l'on nous découvre, je n'y suis pour rien, je ne sais rien.

— Si vous ne vous taisez pas, dit le jeune homme grinçant des dents, je dirai que c'est vous que j'ai pisté ; je dirai que vous êtes mon oncle, qui se débauche et dissipe son bien. Comme ça, au moins, on ne croira pas que je suis l'amant de cette dame.

— Cher monsieur ! Vous vous moquez de moi. Vous épuisez ma patience.

— Chut ! ou je vais bien vous faire taire ! Vous êtes mon malheur ! Dites-moi un peu ce que vous faites ici ? Sans vous je m'arrangerais bien pour tenir jusqu'au matin, et puis je sortirais.

— Mais moi, je ne peux pas rester ici jusqu'au matin ; je suis un homme raisonnable ; j'ai, naturellement, des relations... Qu'en pensez-vous, va-t-il passer la nuit ici ?

— Qui ?

— Eh bien, ce vieil homme...

— Bien sûr qu'il va coucher ici. Tous les maris ne sont pas comme vous. Ils couchent aussi chez eux.

— Cher monsieur, cher monsieur ! s'écria Ivan Andréiévitch, glacé d'effroi. Soyez assuré que moi aussi je couche chez moi, et que c'est la première fois. Mais grand Dieu ! je vois que vous me connaissez. Qui êtes-vous donc, jeune homme ? Dites-moi séance tenante, je vous en supplie, par amitié désintéressée, qui donc êtes-vous ?

— Écoutez, je vais user de violence...

— Mais permettez, laissez-moi vous raconter, cher monsieur, laissez-moi vous expliquer toute cette détestable affaire...

— Je n'écoute aucune explication, je ne veux rien savoir. Taisez-vous, ou bien...

— Mais je ne saurais... »

Suivit, sous le lit, une petite bataille, et Ivan Andréiévitch se tut.

« Chérie, on dirait qu'il y a par là des chats qui chuchotent ?

— Des chats ? Qu'est-ce que vous allez inventer ? »

Il était manifeste que l'épouse ne savait trop de quoi causer avec son mari. Elle avait reçu un tel choc qu'elle n'en était pas encore remise. Cette fois elle frémit et tendit l'oreille.

« Des chats ? Quels chats ?

— Des chats, chérie. L'autre jour j'arrive, je trouve Minet dans mon cabinet, et il chuchote : chu, chu, chu ! Je lui dis : qu'est-ce que tu as, Minet ? et il recommence : chu, chu, chu ! Et il ne cesse, comme ça, de chuchoter. Alors j'ai pensé : ah, mes saints patrons ! Est-ce que ce n'est pas l'annonce de ma mort qu'il me chuchote ?

— Quelles sottises vous débitez aujourd'hui ! N'avez-vous pas honte, mon cher, voyons.

— Bon, n'importe, ne te fâche pas, chérie ; je vois qu'il t'est désagréable de penser à ma mort, ne te fâche pas ; c'est seulement pour dire quelque chose. Mais tu devrais, chérie, te déshabiller et te coucher, moi je resterai assis ici pendant que tu te couches.

— Pour Dieu, laissez cela ; plus tard...

— Allons, ne te fâche pas, ne te fâche pas ! Mais vrai, on dirait qu'il y a ici des souris.

— Allons bon, après les chats des souris, maintenant ! Vraiment, je ne sais pas ce qui vous prend.

— Bon, rien, je ne... khé !... je ne dis rien, khé-khé-khé-khé !... ah, Seigneur Dieu ! khé-khé... »

« Vous voyez, vous faites un tel remue-ménage que lui-même a entendu, souffla le jeune homme.

— Mais si vous saviez ce qui m'arrive. Je saigne du nez...

— Eh bien, saignez ; attendez que ça passe.

— Jeune homme, mais mettez-vous un peu

à ma place; je ne sais même pas près de qui je suis.

— Est-ce que ça irait mieux si vous le saviez, quoi ? Moi, je ne suis pas curieux de savoir votre nom. Tiens, quel est votre nom ?

— Pas du tout, pourquoi mon nom... Je cherche seulement à m'expliquer de quelle manière stupide...

— Chut... il parle de nouveau. »

« Réellement, chérie, ça chuchote.

— Mais non ; c'est que la ouate est mal placée dans tes oreilles.

— Ah ! à propos de ouate. Sais-tu qu'à l'étage au-dessus... khé-khé !... à l'étage au-dessus, khé-khé-khé... » et la quinte reprit.

« À l'étage au-dessus ! murmura le jeune homme. Ah, nom d'un chien ! Mais je croyais que c'était ici le dernier étage ; ce n'est donc que le premier ?

— Jeune homme, souffla Ivan Andréiévitch qui tressaillit, que dites-vous là ? Au nom du Ciel, pourquoi cela vous intéresse-t-il ? Moi aussi je croyais être au dernier étage. Grand Dieu, il y a donc encore un étage ici ?... »

« Réellement, il y a quelque chose qui

remue », dit le vieillard qui avait enfin cessé de tousser.

« Chut ! vous entendez, souffla le jeune homme en écrasant les deux mains d'Ivan Andréiévitch.

— Cher monsieur, vous usez de violence avec moi. Lâchez mes mains.

— Chut... »

Suivit une petite bataille, puis revint le silence.

« Alors donc je croise cette jolie personne..., commença le vieillard.

— Quelle jolie personne ? interrompit la femme.

— Tu sais bien... est-ce que j'ai déjà dit que j'avais croisé une jolie dame dans l'escalier, ou bien ai-je oublié ? Tu sais que ma mémoire a des trous. C'est du millepertuis... khé !...

— Comment ?

— ... du millepertuis qu'il faut boire ; on dit que ça fait du bien... khé-khé-khé... que ça fait du bien ! »

« C'est vous qui l'avez interrompu », souffla le jeune homme en grinçant des dents.

« Tu disais que tu avais rencontré aujourd'hui une jolie personne ? demanda la femme.

— Hein ?

— Tu as croisé une jolie femme ?

— Qui ça ?

— Toi !

— Moi ? Quand ? Ah oui !... Qu'est-ce que je disais... »

« Enfin ! Quelle momie ! Parle donc ! murmura le jeune homme, pressant en pensée la mémoire défaillante du vieillard.

— Cher monsieur ! Je frémis d'épouvante. Dieu grand ? qu'entends-je ? C'est comme hier ; absolument comme hier !...

— Chut ! »

« Oui, oui, oui, ça me revient ; une fameuse petite friponne ! Ces yeux malins qu'elle a... une toque bleue... »

« Une toque bleue ! Aïe, aïe !

— C'est elle ! Elle a une toque bleue. Dieu du Ciel ! s'écria Ivan Andréiévitch...

— Elle ? Qui, elle ? chuchota le jeune homme en broyant les mains d'Ivan Andréiévitch.

— Chut ! fit à son tour Ivan Andréiévitch. Il parle.

— Ah, mon Dieu, mon Dieu !

— Après tout, ce n'est pas les toques bleues qui manquent ! »

« Et quelle friponne ! poursuivait le vieillard.

Elle vient ici chez des gens de sa connaissance. Elle vous fait toujours des œillades. Et chez ses connaissances il vient aussi des connaissances...

— Fi ! comme c'est ennuyeux, interrompit la dame, je te demande un peu, à quoi vas-tu t'intéresser !

— Bien, bien, c'est bon, ne te fâche pas ! chantonna le vieillard. C'est bon, n'en parlons plus si cela t'ennuie. On dirait que tu n'es pas de bonne humeur, aujourd'hui. »

« Mais vous, qu'est-ce qui vous a amené ici ? demandait pendant ce temps le jeune homme.

— Ah, tiens, tiens ! Voilà que cela vous intéresse maintenant, tout à l'heure vous ne vouliez rien entendre !

— Oh, et puis après tout, ça m'est bien égal ! À votre aise, ne parlez pas ! Ah, nom d'un chien, quelle histoire !

— Jeune homme, ne vous fâchez pas ! je ne sais pas ce que je dis, c'est sans intention ; je voulais dire seulement que ce n'est probablement pas par hasard que cela vous touche tellement... Mais qui êtes-vous, jeune homme ? Je vois que vous êtes ici un inconnu : mais qui êtes-vous, inconnu ? Bon sang, je ne sais pas ce que je dis !

— Eh, laissez-moi, je vous en prie ! interrompit le jeune homme, qui paraissait plongé dans des réflexions.

— Mais je vais tout vous raconter, tout. Vous pensez peut-être que je ne veux rien dire, que je vous en veux, pas du tout ! Je vous en donne ma parole ! Seulement je suis déprimé, voilà tout. Mais de grâce, dites-moi tout à partir du commencement : comment avez-vous échoué ici ? par quel hasard ? Pour ce qui est de moi, je ne me fâche pas, vrai, je ne me fâche pas, je vous en donne la main... Seulement il y a beaucoup de poussière, ici, et je l'ai un peu salie ; mais ça n'ôte rien à l'élévation du sentiment.

— Eh, laissez-moi avec votre main ! On n'a pas de quoi se retourner ici, et il vient vous embêter avec sa main !

— Mais, cher monsieur, vous me traitez, si j'ose ainsi m'exprimer, comme une vieille semelle, prononça Ivan Andréiévitch dans un accès d'humble désespoir et d'une voix où perçait la supplication. Traitez-moi plus poliment, un tant soit peu plus poliment, et je vous confesserai tout ! Nous pourrions devenir des amis ; je suis même prêt à vous inviter à dîner chez moi. Sinon impossible de rester à plat ventre ensemble dans ces conditions, je vous le dis franchement. Vous vous fourvoyez, jeune homme ! Vous ne savez pas...

— Quand donc a-t-il pu la croiser ? murmurait le jeune homme, visiblement soucieux à l'extrême. Elle m'attend peut-être en ce moment... Il faut absolument que je sorte d'ici !

— Elle ? Qui, elle ? Grand Dieu ! de qui parlez-vous, jeune homme ? Vous pensez à l'étage au-dessus... Grand Dieu, grand Dieu, de quoi suis-je ainsi châtié ? »

Ivan Andréiévitch essaya de se retourner sur le dos en signe de désespoir.

« Et qu'est-ce que cela peut vous faire, qui elle est ? Ah, bon sang ! Advienne que pourra, je sors d'ici !

— Cher monsieur ! que dites-vous là ? Et moi, que deviendrai-je alors ? souffla Ivan Andréiévitch en s'agrippant dans un élan de désespoir aux pans du frac de son voisin.

— Que voulez-vous que ça me fasse ? Vous n'avez qu'à rester seul. Et si vous ne voulez pas, eh bien, ma foi, je dirai que vous êtes mon oncle qui dilapide son bien, pour que le vieux n'aille pas s'imaginer que je suis l'amant de sa femme.

— Mais voyons, jeune homme, c'est impossible ; ça ne fait pas naturel, de parler d'oncle.

Personne ne vous croira. Un enfant grand comme ça ne vous croirait pas, chuchotait Ivan Andréiévitch éperdu.

— Soit, mais ne gigotez donc pas, restez tranquille et faites le mort ! Vous n'avez qu'à passer la nuit ici, et demain vous trouverez bien un moyen de sortir ; personne ne vous remarquera ; du moment où il en sera sorti un, on ne pensera sûrement pas qu'il en est resté un deuxième. Pourquoi pas une douzaine ! Au fait, vous en valez bien une douzaine à vous tout seul. Poussez-vous un peu, ou je sors !

— Vous cherchez à me vexer, jeune homme... Et si je me mets à tousser ? Il faut tout prévoir !...

— Chut !... »

« Qu'est-ce qu'il y a ? On dirait encore qu'on entend du remue-ménage là-haut », prononça le vieillard, qui entre-temps paraissait s'être assoupi.

« Là-haut ?

— Vous entendez, jeune homme : "là-haut" !

— Eh oui, j'entends !

— Seigneur Dieu ! Jeune homme, je sors.

— Eh bien, moi, je ne sors pas ! Ça m'est égal ! Puisque tout est fichu, ça m'est égal ! Et puis savez-vous ce que je soupçonne ? Je soupçonne que vous, vous êtes quelque mari trompé, voilà !...

— Dieu, quel cynisme !... Pouvez-vous soupçonner pareille chose ? Mais pourquoi justement un mari... je ne suis pas marié.

— Pas marié ? À d'autres !

— Je suis peut-être moi-même l'amant !

— Joli amant !

— Cher monsieur, cher monsieur ! Bon, soit, je vais tout vous raconter. Prêtez l'oreille à mon désespoir. Ce n'est pas moi, je ne suis pas marié. Je suis célibataire, tout comme vous. C'est un ami à moi, un camarade d'enfance... et moi je suis l'amant... Il me dit : "Je suis un infortuné, je bois la coupe d'amertume, dit-il, je soupçonne ma femme. — Mais, lui dis-je raisonnablement, pourquoi la soupçonnes-tu ?"... Mais vous ne m'écoutez pas. Écoutez, écoutez ! "La jalousie est ridicule, lui dis-je, la jalousie est un vice ! — Non, dit-il, je suis un infortuné ! Je bois ma femme... euh... non, je soupçonne la coupe..." Je lui dis alors : "Tu es mon ami, tu es le camarade de ma tendre enfance. Nous avons ensemble cueilli les fleurs du plaisir, sombré dans les lits de plume de la volupté." Dieu, je ne sais plus ce que je dis. Vous n'arrêtez pas de rire, jeune homme. Vous me rendrez fou.

— Mais vous l'êtes déjà, fou !

— C'est cela, c'est cela, je le pressentais bien, que vous alliez dire cela... quand j'ai parlé de fou. Riez, riez, jeune homme ! C'est ainsi que moi aussi je florissais en mon temps, c'est ainsi que moi aussi je séduisais. Ah ! je suis en train de faire une congestion cérébrale ! »

« Qu'est-ce que c'est, chérie, on dirait que quelqu'un éternue ici ? chantonna le vieillard. Est-ce toi, chérie, qui as éternué ?

— Oh, mon Dieu ! » soupira l'épouse.

« Chut ! » entendit-on sous le lit.

« C'est là-haut, probablement, qu'ils font du bruit, observa la femme, qui prit peur, car effectivement il se faisait du bruit sous le lit.

— Oui, là-haut ! dit le mari. Là-haut ! Est-ce que je t'ai dit que j'ai croisé un jeune gandin... khé-khé ! un jeune gandin à moustaches... khé-khé... ô Seigneur, mon dos !... un jeune gandin que j'ai croisé aujourd'hui, avec de petites moustaches ! »

« Des moustaches ! grand Dieu, c'est sûrement vous ! souffla Ivan Andréiévitch.

— Seigneur Dieu, quel homme ! Mais je suis

ici, ici avec vous, à plat ventre ! Comment aurait-il pu me rencontrer ? Et puis ne m'empoignez pas par la figure !

— Dieu, je vais m'évanouir. »

À ce moment, on entendit en effet du bruit à l'étage supérieur.

« Qu'est-ce que ça peut bien être ? murmura le jeune homme.

— Cher monsieur ! je suis effrayé, je suis épouvanté, venez à mon secours.

— Chut ! »

« En effet, chérie, ils font du bruit ; un véritable tintamarre. Et juste au-dessus de ta chambre à coucher. Si on envoyait demander...

— Allons, bon ! que vas-tu inventer !

— C'est bon, je ne ferai rien. Vraiment, comme tu es irritable aujourd'hui !...

— Oh, mon Dieu ! Vous devriez aller dormir.

— Liza ! Tu ne m'aimes pas.

— Mais si, je vous aime ! De grâce, je suis si lasse !

— Bien, bien, je vais m'en aller.

— Ah, non, non ! ne partez pas, s'écria la dame. Ou bien si, allez, allez !

— Mais, qu'est-ce que tu as, vraiment ? Tantôt partez, tantôt ne partez pas ! Khé-khé ! Oui, il faut aller dormir... khé-khé! La fillette des Panafidine... khé-khé! des Panafidine... khé! — a reçu une poupée de Nuremberg... khé-khé...

— Bon, voilà les poupées, maintenant!

— Khé-khé... une bien belle poupée... khé-khé!»

«Il va s'en aller, souffla le jeune homme, il s'en va, nous aussi nous allons pouvoir sortir. Vous entendez? Eh bien, réjouissez-vous!

— Oh, plût au Ciel, plût au Ciel!

— Que cela vous serve de leçon...

— Jeune homme! Pourquoi une leçon? Cela ne m'échappe pas... Mais vous êtes encore trop jeune, je n'ai pas de leçon à recevoir de vous.

— Et je vais tout de même vous en donner une. Écoutez...

— Dieu! J'ai envie d'éternuer!...

— Chut! Si vous osez...

— Que voulez-vous que je fasse? Avec cette odeur de souris qu'il y a ici, je n'y peux rien; donnez-moi mon mouchoir, dans ma poche, de grâce, je ne peux pas faire un mouvement... Ô Seigneur Dieu! De quoi suis-je ainsi châtié?

— Voici votre mouchoir! De quoi vous êtes châtié, je vais vous le dire. Vous êtes jaloux. Vous fondant Dieu sait sur quoi, vous courez comme un possédé, vous vous précipitez dans n'importe quel domicile, vous jetez la perturbation...

— Jeune homme! je n'ai pas jeté de perturbation.

— Silence!

— Jeune homme, ce n'est pas à vous à me prêcher la morale; je suis plus moral que vous.

— Silence!

— Oh, mon Dieu, mon Dieu!

— Vous jetez la perturbation partout, vous effrayez une jeune dame, une faible et timide femme qui ne sait que devenir d'épouvante, et qui va peut-être en faire une maladie; vous dérangez un honorable vieil homme, accablé d'hémorroïdes, et à qui il faut avant tout du repos, et tout cela pourquoi? Parce que vous vous êtes mis en tête je ne sais quelle sottise au nom de laquelle vous fouinez dans tous les coins! Comprenez-vous, comprenez-vous dans quelle sale situation vous vous êtes mis? Le sentez-vous?

— Cher monsieur, c'est bien! Je le sens, mais vous, vous n'avez pas le droit...

— La ferme! Que vient faire ici le droit? Comprenez-vous que cela peut se terminer tragiquement ? Comprenez-vous que ce vieil homme, qui aime sa femme, peut devenir enragé en vous voyant surgir de dessous son lit ? Mais non, vous êtes incapable de susciter la tragédie ! Quand vous sortirez à quatre pattes, j'imagine que n'importe qui, en vous voyant, éclatera de rire. Je voudrais bien vous voir aux chandelles : vous devez être rudement drôle.

— Et vous ? Vous aussi vous serez ridicule en pareille occurrence ! Je voudrais bien vous voir, moi aussi.

— Comptez-y !

— Vous portez vraisemblablement les stigmates de l'immoralité, jeune homme !

— Ah, vous parlez d'immoralité ! Et comment savez-vous pourquoi je suis ici ? Je suis ici par erreur : je me suis trompé d'étage. Et le diable sait pourquoi on m'a laissé entrer ! Sans doute attendait-elle en effet quelqu'un (pas vous, bien sûr). Je me suis caché sous le lit quand j'ai entendu vos pas d'imbécile et quand j'ai vu la dame prendre peur. Par-dessus le marché il faisait noir. Mais qu'ai-je besoin de me justifier devant vous ? Vous êtes, mon cher monsieur, un ridicule vieux bonhomme jaloux. Tenez, pourquoi est-ce que je ne sors pas ? Vous croyez peut-être que c'est parce que j'ai peur de sortir ? Pas du tout, mon cher monsieur, il y a longtemps que je serais sorti, mais c'est par compassion pour vous que je reste ici. Dites, de quoi aurez-vous l'air si vous restez sans moi ? Vous resterez planté comme une souche devant eux, vous ne saurez que dire...

— Ah non, pourquoi comme une souche ? Pourquoi comme cet objet inanimé ? Ne pouviez-vous me comparer à quelque chose d'autre, jeune homme ? Pourquoi ne saurais-je quoi dire ? Si, je saurai quoi dire... Ah Dieu, qu'a-t-il à japper, ce sale petit chien !

— Chut ! Ah, mais c'est vrai... C'est parce que vous ne cessez pas de bavarder. Vous voyez, vous avez réveillé le petit chien. Nous voilà frais, maintenant. »

En effet, le toutou de la maîtresse de maison, qui jusqu'alors dormait dans un coin sur un coussin, s'était réveillé tout à coup, avait flairé des étrangers et s'élançait en jappant sous le lit.

« Oh, mon Dieu, le stupide petit cabot ! gémit Ivan Andréiévitch. Il va nous trahir tous. Il va tout faire découvrir. Voilà encore un châtiment !

— Oui, vous êtes tellement pris de frousse que c'est ce qui peut arriver. »

« Ami, Ami, ici ! s'écria la dame, * *ici, ici !* »

Mais le chien, au lieu d'obéir, rampait droit sur Ivan Andréiévitch.

« Qu'a donc Amichka à japper, chérie ? demanda le vieillard. Il y a probablement des souris par là, ou bien c'est le chat qu'il y voit. Ça doit être ça, je l'entends sans cesse éternuer, sans cesse éternuer... Justement Minet avait un rhume aujourd'hui. »

« Restez tranquille ! chuchota le jeune homme, ne gigotez pas ! Peut-être il n'ira pas plus loin.

— Cher monsieur, cher monsieur ! Lâchez mes mains ! Pourquoi me les tenez-vous ?

— Chut ! Silence !

— Mais permettez, jeune homme ! Il me mord le nez. Voulez-vous que je perde le nez ? »

Une nouvelle lutte s'engagea, et Ivan Andréiévitch libéra ses mains. Le chien jappait à perdre haleine ; soudain ses jappements cessèrent et furent suivis de gémissements aigus.

« Oh ! non ! cria la dame.

— Monstre ! que faites-vous ? souffla le jeune homme. Vous nous perdez tous les deux ! Pourquoi l'avez-vous agrippé ? Grand Dieu, il l'étrangle ! Ne le serrez pas, lâchez-le ! Monstre ! Mais vous ne connaissez donc pas le cœur d'une femme ! Elle va nous livrer tous les deux, si vous étranglez son chien. »

Mais Ivan Andréiévitch n'entendait plus rien. Il avait réussi à empoigner le toutou, et, dans un réflexe de défense, il lui serrait la gorge. Le chien poussa encore un glapissement et rendit le souffle.

« Nous sommes perdus ! murmura le jeune homme.

— Amichka ! Amichka ! cria la dame. Grand Dieu, que font-ils à mon pauvre Amichka ? Amichka ! Amichka ! * *Ici !* Oh, les monstres, les barbares ! Dieu, je me trouve mal !

— Qu'est-ce qu'il y a ? Qu'est-ce qu'il y a ? cria le petit vieillard en sursautant sur son fauteuil. Qu'as-tu, ma chérie ? Amichka est ici ! Amichka, Amichka, Amichka ! criait le vieil homme en faisant claquer ses doigts et sa langue pour faire sortir Amichka de dessous le lit. Amichka ! * *ici, ici !* Ce n'est pas possible que Minet l'ait dévoré. Il faut fouetter Minet, mon amie, voilà tout un mois que le fripon n'a pas été fouetté. Qu'en penses-tu ? Je demanderai conseil demain à Prascovie Zakharievna. Mais grand Dieu, mon amie, qu'as-tu ? Tu es toute pâle, holà, holà, quelqu'un, quelqu'un ! »

Et le vieillard se mit à courir çà et là dans la pièce.

« Les scélérats ! Les monstres ! gémissait la dame en s'abattant sur sa couche.

— Qui ? Qui ? Qui cela ? criait le vieillard.

— Il y a là des hommes ! Des étrangers !... Là, sous le lit ! Oh, grand Dieu ! Amichka, Amichka ! Que t'ont-ils fait ?

— Ah, Seigneur Dieu ! Des hommes ? Quels hommes ? Amichka... non, quelqu'un, quelqu'un, holà ! Ici ! Qui est là ? Qui est là ? glapit le vieillard, saisissant un chandelier et se courbant pour voir sous le lit. Qui est là ? Holà, quelqu'un, quelqu'un !... »

Ivan Andréiévitch était étendu plus mort que vif près du cadavre raidi d'Amichka. Mais le jeune homme, lui, suivait chaque mouvement du vieillard ; il le vit soudain passer de l'autre côté du lit, vers le mur, et se pencher. En un clin d'œil le jeune homme surgit de sa cachette et se sauva, tandis que le mari cherchait ses intrus de l'autre côté du lit conjugal.

« Dieu ! chuchota la dame en voyant le jeune homme. Qui êtes-vous ? Et moi qui croyais...

— Ce monstre est resté là, souffla le jeune

homme. C'est lui le coupable de la mort d'Amichka.

— Ciel ! » s'écria la dame.

Mais le jeune homme était déjà loin.

« Ha ! Il y a quelqu'un ici. Je tiens la botte de quelqu'un ! cria le mari en attrapant Ivan Andréiévitch par la jambe.

— Assassin ! Assassin ! criait la dame. Oh, Ami ! Ami !

— Sortez ! Sortez ! criait le vieillard, trépignant des deux pieds sur le tapis. Sortez, qui êtes-vous ? Dites-moi qui vous êtes. Par exemple ! Quel drôle d'homme !

— Mais ce sont des brigands !...

— De grâce, de grâce ! criait Ivan Andréiévitch en sortant à quatre pattes. De grâce, Votre Excellence, n'appelez pas vos gens ! Excellence, n'appelez pas vos gens ! C'est parfaitement superflu. Vous ne pouvez pas me jeter à la porte !... Je ne suis pas l'homme que vous croyez ! Je suis quelqu'un... Excellence, c'est arrivé par erreur. Je vais tout de suite expliquer à Votre Excellence, poursuivait Ivan Andréiévitch sanglotant et reniflant. Tout cela c'est ma femme, c'est-à-dire non, pas ma femme, mais la femme d'un autre, je ne suis pas marié, je m'étais... C'est mon ami et camarade d'enfance...

— Comment, camarade d'enfance! criait le vieil homme en tapant des pieds. Vous êtes un voleur, vous êtes venu cambrioler... et non pas un camarade d'enfance...

— Non, pas un voleur, Votre Excellence; je suis réellement un camarade d'enfance... je me suis seulement trompé par erreur, j'ai dû entrer... entrer par la mauvaise sortie...

— Je le vois bien, monsieur, de quel antre vous sortez...

— Votre Excellence! Je ne suis pas l'homme que vous croyez. Vous faites erreur. Je vous le dis, vous errez cruellement, Excellence. Regardez-moi, examinez, vous verrez, à divers signes et indices, que je ne saurais être un malfaiteur. Votre Excellence! Votre Excellence! gémissait Ivan Andréiévitch, joignant les mains et s'adressant à la jeune femme, vous êtes une dame, comprenez-moi... C'est moi qui ai fait périr Amichka... mais ce n'est pas ma faute, croyez-moi, ce n'est pas ma faute... Tout cela, c'est la faute de ma femme. Je suis un infortuné, je bois la coupe!...

— Et que voulez-vous que cela me fasse, s'il

vous plaît, que vous ayez bu une coupe ? peut-être bien en avez-vous bu plus d'une, à en juger par votre état, c'est même évident ; mais comment avez-vous pénétré ici, cher monsieur ? criait le vieillard, tremblant encore d'émoi, mais effectivement convaincu, à divers signes et indices, qu'Ivan Andréiévitch ne devait pas être un cambrioleur. Je vous le demande : comment avez-vous pénétré ici ? Vous avez l'air d'un malfaiteur...

— Pas un malfaiteur, Votre Excellence, je me suis seulement trompé d'entrée ; croyez-moi, pas un malfaiteur ! Tout cela vient de ce que je suis jaloux. Je vous dirai tout, Excellence, je vous confesserai tout, comme à mon propre père, puisque vous êtes assez chargé d'ans pour pouvoir être mon père.

— Comment, chargé d'ans ?

— Votre Excellence ! Je vous ai peut-être froissé ? Effectivement, une si jeune dame... et vous à cet âge... il est agréable de voir, Votre Excellence, il est vraiment très agréable de voir une union comme la vôtre... dans la fleur de l'âge... Mais n'appelez pas vos gens... pour Dieu, n'appelez pas vos gens... les gens ne feront que rire... je les connais... Quoique, je ne veux pas dire par là que je n'ai de relations qu'avec des laquais, moi aussi j'ai des laquais, Excellence, et ils ne font que rire... des ânes, Votre Altesse... Je ne crois pas me tromper, je parle à un prince...

— Non, pas à un prince, cher monsieur, je suis ce que je suis. S'il vous plaît, n'essayez pas de m'amadouer en me donnant de l'altesse. Qu'est-ce qui vous a amené ici, cher monsieur, qu'est-ce qui vous a amené ?

— Votre Altesse, je veux dire Votre Excellence... excusez-moi, je vous croyais Votre Altesse. J'avais mal regardé... J'avais mal réfléchi, ce sont des choses qui arrivent. Vous ressemblez tellement au prince Korotkooukhov, que j'ai eu l'honneur de rencontrer chez un ami à moi, M. Pouzyriov... Vous voyez, je connais aussi des princes, j'ai vu aussi un prince chez un ami à moi : vous ne sauriez donc me prendre pour ce... pour quoi vous me prenez. Je ne suis pas un malfaiteur. Excellence, n'appelez pas vos gens ; si vous appelez vos gens, qu'en sortira-t-il ?

— Mais comment avez-vous échoué ici ? s'écria la dame. Qui donc êtes-vous ?

— Oui, qui êtes-vous ? reprit le mari. Et

moi, chérie, qui croyais que c'était Minet qui était sous le lit et qui éternuait ! Et c'était lui. Toujours le même coureur, ce Minet !... Qui êtes-vous ? Parlez enfin ! »

Et le petit vieillard se remit à trépigner sur le tapis.

« Je ne saurais parler, Votre Excellence, et j'attends que vous ayez fini... Je goûte vos fines plaisanteries. Pour ce qui me concerne, c'est une drôle d'histoire, Excellence. Je vais tout vous raconter. Tout peut s'expliquer même sans ça, c'est-à-dire, je veux dire, n'appelez pas vos gens, Votre Excellence ! Traitez-moi avec générosité... Peu importe que j'aie été sous le lit... je n'ai pas perdu ma dignité pour autant. C'est l'histoire la plus comique qui soit, Votre Excellence ! s'écria Ivan Andréiévitch en s'adressant d'un air suppliant à l'épouse. Vous surtout, Votre Excellence, vous allez en rire ! Vous avez sous les yeux un mari jaloux. Vous voyez, je m'humilie, je m'humilie moi-même volontairement. C'est vrai que j'ai fait périr Amichka, mais... ô Dieu ! je ne sais plus ce que je dis !

— Mais enfin comment, comment êtes-vous arrivé ici ?

— À la faveur des ténèbres de la nuit, Votre

Excellence, à la faveur de cette obscurité... Pardon ! Pardonnez-moi, Excellence ! Je vous prie humblement de m'excuser ! Je ne suis qu'un mari outragé, rien de plus ! N'allez pas imaginer, Excellence, que je sois un amant ; je ne suis pas un amant ! Votre épouse est très vertueuse si j'ose ainsi m'exprimer. Elle est pure et innocente !

— Comment ? comment ? Qu'est-ce que vous osez dire ? cria le vieillard en frappant encore du pied. Vous êtes fou, ou quoi ? Comment osez-vous parler de ma femme ?

— Ce scélérat, ce meurtrier qui a tué Amichka ! s'écria la jeune femme en fondant en larmes. Et il ose encore... !

— Votre Excellence, Votre Excellence, je viens encore de dire une bêtise, se récria Ivan Andréiévitch épouvanté, j'ai encore dit une bêtise, rien de plus ! Considérez que je ne suis pas maître de moi... De grâce, considérez que je ne suis pas maître de moi... Je vous jure sur l'honneur que je serai à jamais votre obligé. Je vous en donnerais la main, mais je n'ose pas la tendre... Je n'étais pas seul, je suis l'oncle... c'est-à-dire, je veux dire qu'il ne faut pas me prendre pour l'amant... Dieu ! je dis encore des bêtises... Ne vous offensez pas, Votre Excellence, s'écria Ivan Andréiévitch tourné vers la dame. Vous êtes une dame, vous comprenez ce que c'est que l'amour... c'est un sentiment subtil... Mais qu'est-ce que je dis ? Encore des bêtises... C'est-à-dire, je veux dire que je suis un vieillard, c'est-à-dire un homme d'un certain âge, pas un vieillard, que je ne saurais être votre amant, que l'amant, c'est un Richardson, non, je veux dire un Lovelace... je dis des sottises... Mais vous voyez, Excellence, que je suis un homme instruit et que je connais la littérature. Vous riez, Votre Excellence ! Très heureux, très heureux de **provoquer* le rire de Votre Excellence. Ô comme je suis heureux d'avoir provoqué votre rire !

— Dieu, que cet homme est drôle ! hoquetait la dame qui étouffait de rire.

— Oui, drôle, et bien poussiéreux, dit le vieillard dans sa joie de voir sa femme rire. Chérie, ce ne peut pas être un cambrioleur. Mais comment s'est-il égaré ici ?

— Réellement étrange ! Réellement étrange, Votre Excellence, on croirait un roman ! Comment ? En plein minuit, dans une grande capitale, un homme sous un lit ? Risible, étrange !

Du Rinaldo Rinaldini[1], en quelque sorte. Mais ce n'est rien, tout cela n'est rien, Excellence. Je vais tout vous raconter... Et vous, madame, Votre Excellence, je vous procurerai un nouveau bichon... un ravissant bichon ! Comme ça, le poil long, les pattes courtes, incapable de faire deux pas : il court, il se prend les pattes dans sa propre toison et il tombe. Il leur faut seulement du sucre. Je vous en apporterai un, Votre Excellence, sans faute je vous l'apporterai.

— Ha, ha, ha, ha, ha ! » La dame se roulait de rire sur son divan. « Dieu ! il va me donner une crise de nerfs ! Dieu, qu'il est drôle !

— Oui, oui, ha, ha, ha... Khé-khé-khé... drôle, et bien poussiéreux, khé-khé-khé !...

— Votre Excellence, Votre Excellence, me voici maintenant parfaitement heureux ! Je vous tendrais bien la main, mais je n'ose pas, Votre Excellence, je sens que je me suis égaré, mais maintenant j'ouvre les yeux. Je crois que ma femme est pure et innocente ! J'avais tort de la soupçonner...

— Sa femme, sa femme ! s'exclama la dame, les yeux pleins de larmes à force de rire.

1. Roman d'aventures de Christian Volpius, *Rinaldo Rinaldini* (1797).

— Il est marié ! Pas possible ? Voilà quelque chose que je n'aurais pas imaginé ! répliqua le vieillard.

— Ma femme, Votre Excellence, et c'est elle qui est la faute de tout, c'est-à-dire non, c'est moi qui suis coupable. Je la soupçonnais, je savais qu'il y avait un rendez-vous arrangé ici — ici à l'étage au-dessus. J'ai intercepté un billet, je me suis trompé d'étage et j'ai été à plat ventre sous le lit...

— Hi, hi, hi, hi !

— Ha, ha, ha, ha !

— Ha, ha, ha, ha ! fit à son tour Ivan Andréiévitch. Oh ! que je suis heureux ! Comme cela fait plaisir de voir comme nous sommes tous d'accord et heureux ! Et ma femme est parfaitement innocente ! Cela, j'en suis presque convaincu. N'est-ce pas que c'est certain, Votre Excellence ?

— Ha, ha, ha ! Khé-khé-khé !... Sais-tu qui c'est, chérie ? dit enfin le vieillard quand il put arrêter de rire.

— Non, ha, ha, ha ! Qui ?

— Mais c'est la jolie personne, celle qui fait des œillades, avec le jeune gandin. C'est elle ! Je parierais que c'est sa femme !

— Non, Votre Excellence, je suis sûr que ce n'est pas elle ! Je suis absolument sûr.

— Mais grand Dieu ! Vous perdez du temps, s'écria la dame, cessant enfin de rire. Allez-vous-en, courez là-haut, peut-être les y trouverez-vous...

— En effet, Votre Excellence, je vais y courir. Mais je n'y trouverai personne, Votre Excellence ; ce n'est pas elle, j'en suis sûr d'avance. Elle est maintenant à la maison. C'est moi ! Je suis jaloux, voilà tout... Qu'en pensez-vous, croyez-vous que je les surprendrais là-haut, Votre Excellence ?

— Ha, ha, ha !

— Hi, hi, hi ! Khé-khé... !

— Allez, allez ! Et en repartant, venez nous raconter, s'écria la dame, ou plutôt non : revenez plutôt demain matin, et amenez-la avec vous : je voudrais faire sa connaissance.

— Au revoir, Votre Excellence, au revoir ! Je l'amènerai sans faute ; très content d'avoir fait connaissance. Je suis heureux et content que tout cela se soit terminé de façon si inattendue et se soit dénoué pour le mieux.

— Et le bichon ! Ne l'oubliez pas : avant tout apportez-moi un bichon !

— Je l'apporterai, Votre Excellence, je l'apporterai sans faute, répondit Ivan Andréiévitch revenant sur ses pas, car il avait déjà salué et pris la porte. Vous pouvez y compter, je l'apporterai ; un très joli : comme un bonbon sorti des mains du confiseur, et puis comme ça : ça s'empêtre dans sa propre toison et ça tombe ; tout à fait ça, vous verrez ! Je dis même à ma femme : "Qu'est-ce que c'est, chérie, il n'arrête pas de tomber ? — Oui, tellement mignon !" dit-elle. On le croirait en sucre, Votre Excellence, je vous assure, tout en sucre ! Au revoir, Votre Excellence, très, très content d'avoir fait connaissance, très content d'avoir fait connaissance ! »

Ivan Andréiévitch s'inclina et sortit.

« Eh, dites donc, cher monsieur ! Attendez, revenez ! » cria le petit vieillard à Ivan Andréiévitch déjà sorti.

Ivan Andréiévitch revint pour la seconde fois sur ses pas.

« Il y a notre Minet que je n'arrive pas à retrouver. Ne l'auriez-vous pas vu, quand vous étiez sous le lit ?

— Non, je ne l'ai pas vu, Votre Excellence, très content d'avoir fait connaissance. Et je tiendrai pour un grand honneur...

— Il a maintenant un rhume, et il n'arrête pas d'éternuer, il n'arrête pas d'éternuer. Il faut le fouetter !

— Oui, certainement, Votre Excellence : les châtiments de correction sont indispensables avec les animaux domestiques.

— Comment ?

— Je dis que les châtiments correctifs, Votre Excellence, sont indispensables pour inculquer la docilité aux animaux domestiques.

— Ah !... bien, adieu, adieu, c'est tout ce que je voulais. »

Sorti dans la rue, Ivan Andréiévitch fut un bon moment comme un homme qui s'attend à un coup de sang. Il ôta son chapeau, essuya la sueur froide de son front, plissa les paupières, sembla réfléchir et enfin prit le chemin de chez lui.

Quelle fut sa surprise quand il apprit chez lui que Glafira Piétrovna était depuis longtemps rentrée du théâtre, qu'il y avait un grand moment qu'elle avait été prise d'une rage de dents, qu'elle avait envoyé chercher le docteur, qu'elle s'était fait mettre des sangsues, qu'elle était maintenant au lit et qu'elle attendait Ivan Andréiévitch !

Ivan Andréiévitch se frappa d'abord le front, puis se fit donner de quoi se laver et se brosser, et enfin se décida à entrer dans la chambre de sa femme.

« Où donc passez-vous votre temps ? Regardez-moi à quoi vous ressemblez ! Vous avez le visage tout défait ! Où avez-vous disparu ? C'est du joli, mon cher : votre femme se meurt, et on vous cherche en vain dans toute la ville. Où étiez-vous ? Encore sans doute à me pister, à vouloir déjouer un rendez-vous que j'aurais donné à je ne sais qui ? C'est honteux, mon cher, le mari que vous êtes ! On vous montrera bientôt du doigt !

— Ma chérie ! » répondit Ivan Andréiévitch...

Mais il éprouva un tel embarras qu'il lui fallut chercher son mouchoir dans sa poche et interrompre le discours commencé, car il ne retrouvait ni ses mots, ni ses idées, ni la faculté de penser... Et quelles ne furent pas sa surprise, sa frayeur, son épouvante, quand en même temps que son mouchoir tomba de sa poche... feu Amichka ? Ivan Andréiévitch n'avait pas remarqué que, par un réflexe de désespoir, au moment où il avait été contraint de sortir de dessous le lit, il avait, dans un accès de terreur irraisonnée, fourré Amichka dans sa poche, avec au fond de lui l'espoir d'effacer ainsi les traces, de dissimuler le corps du délit et d'éviter de la sorte le châtiment mérité.

« Qu'est-ce que c'est ? hurla son épouse. Un chien crevé ! Ciel ! D'où... Qu'avez-vous fait ?... Où étiez-vous ? Dites-moi immédiatement où vous étiez !...

— Chérie ! répondit Ivan Andréiévitch, plus mort qu'Amichka. Chérie... »

Mais nous laisserons ici notre héros, jusqu'à une autre fois, car ici commence une nouvelle aventure tout à fait à part. Un jour nous rapporterons, messieurs, toutes ces misères et ces persécutions que lui infligea le sort. Mais vous avouerez que la jalousie est une passion inexorable, que dis-je : une vraie calamité !...

Composition Bussière
Impression Novoprint
à Barcelone , le 26 mai 2015
Dépot légal : mai 2015
1er dépot légal dans la collection : avril 2008

ISBN 978-2-07-035694-2 /Imprimé en Espagne.